소소한 일상에서 행복 찾기

내 삶이 더 좋아지고 싶을 때

소 소 한 일 상 에 서 행 복 찾 기

내 삶이
더 좋아지고 싶을 때

문건오 지음

지금 내가 하고 있는 행동 중에서
어느 것 하나 가치 없거나 소중하지 않은 것은 없다.
작은 모래와 자갈이 엉겨서 수십 층의 건물이 만들어지듯이
지금 내가 하고 있는 작은 행동들이 모이고 모여서 내 인생이 만들어진다.
무심코 하는 행동조차도 내 인생을 차곡차곡 메워 가고 있다.

창작시대사

당신은 당신 인생의 길이를 조정할 수는 없지만

그것의 넓이와 깊이는 조정할 수 있다.

당신은 당신 얼굴의 모습을 조정할 수는 없지만

그것의 표정은 조정할 수 있다.

당신은 날씨를 조정할 수는 없지만

당신 마음의 기분은 조정할 수 있다.

당신은 당신에게 달린 것들을 조정하는 것만도 바쁠 텐데,

왜 당신이 조정할 수 없는 일들을 걱정하는가?

<쇼펜하우어>

평범하고 소박한 곳에
행복이 있다

행복은 자기 마음속에 존재한다. 스스로 행복하다고 생각하면 행복한 삶인 것이고 불행하다고 생각하면 불행한 삶인 것이다.

아리스토텔레스는 말했다.

"행복은 전 인격의 완성을 말하며, 최고의 선이 행복이다."

그러나 모든 사람이 추구하는 행복은 그렇게 쉽게 와주지를 않는다. 그렇다면 진정으로 행복한 삶을 누리는 것은 어떤 삶을 사는 것일까.

사람들은 대개 행복한 삶에 대해 일정한 조건을 정해 놓고 있다. 돈을 많이 벌어야만, 명문대를 졸업해야만, '출세를 해야만', '내 집을 장만해야만' 하는 등의 명백하고도 치밀한 조건을 정해 놓고 그것에 도달하기만을 손꼽아 기다리며 산다. 그렇게 하면 행복을 더 많이 더 크게 얻을 것이라는 생각 때문인데 그것은 옳지 않다. 우리가 행복을 느낄 수 없는 것은 셋방살이를 면치 못하고, 명문대 졸업장이 없고, 출세를 못 해서가 아니라 그런 것들이 갖추어져야만 행복해질 수 있다는 조건을 내걸기 때문이다.

행복에는 조건이 있을 수 없다. 이러이러한 조건을 갖추어야만 행복해질 수 있다는 법칙은 세상에 존재하지 않는다. 행복은 누구나 그 어떤 상황에서도 느낄 수 있는, 차별이나 조건이 없는 것이다. 마치 물이 낮은 곳이면 어디든 마다하지 않고 흐르는 것처럼, 행복은 호화로운 저택에도 들어가지만 쓰러져 가는 판잣집에도 스며 들어간다.

행복을 느끼기 위해서는 그 어떤 조건도 걸어 놓지 말아야 한다. 이미 걸어 놓은 조건이 있다면 철회시켜야 한다. 조건을 걸어 놓는 것은 그만큼 행복을 불러들이는 것이 아니라 그만큼 내쫓는 것이 되고 만다. 수험생이 커트라인에 걸려 낙방하듯이 그 조건을 충족시키지 못하는 행복은 문밖에서 쫓겨나고 만다.

건강하고 지속적인 행복을 느끼기 위해서는 작고 소박하며 평범한 것들에 눈을 돌려야 한다. 우리를 진정으로 행복하게 하는 것은 크고 화려한 행복이 아니라 바로 그런 것들이다. 일상 속에 숨어 있는 삶의 작은 파편들이 행복이고 그 파편들을 알뜰히 주워 모을 때 참다운 행복인이 되는 것이다.

이 책은 평범하고 소박한 곳에 행복이 깃들어 있다는 것을 깨우쳐 주려는 데 목적을 두고 있다. 특별한 행복, 새로운 행복을 찾아

주기보다는 갖가지 조건에 밀려 사라질 뻔했던 우리 일상 속의 행복들을 되찾아 보다 많은 행복을 느끼며 살아갈 수 있도록 하는 데 중점을 두었다. 그래서 잘살고 풍요로운 오늘날의 일상이 아닌, 어려웠던 시절에 겪어야 했던 사례들을 찾아 엮었다.

사람들은 누구나 자기 위치에서 지금보다 더 나아지려는 욕망이 있다. 오늘보다는 내일이 더 좋아질 것이라는 믿음과 희망으로 살아간다. 그렇기에 평범한 것을 추구하기보다는 더 큰 허상을 쫓아다니며 평생을 고생하며 실세 미련이다.

알베르 카뮈는 "행복이란 우리가 시간을 들여 열중하는 모든 것이다."라고 했다.

행복이 열심히 노력하지도 않고 가만히 앉아서 쉽게 얻어지는 것이라면 의미도 없고 공평하지도 않다. 하지만 행복을 얻기 위해서 자신의 모든 것을 다 소비한다고 행복이 얻어지는 것은 아니다. 가장 보편적인 방법으로 살아갈 때 크고 작은 행복이 얻어진다.

이 책을 읽고 난 독자들은, 잔뜩 벌어 놓고 나서 누리겠다는 착각에 빠져 현재의 행복을 통째로 희생시켜 가며 살아가는 어리석음에 빠지지 않을 것이라 믿는다.

문건오

차례

제3장

행복한 삶을 일구는 현명한 선택

제4장
아름다운 인생을 여는 소중한 교훈

제5장
꿈은 크게 삶은 지혜롭게

물질에는 한도가 있지만

인간의 욕망에는 한도가 없다.

한도가 있는 것으로 한도가 없는 것을

만족시키려고 하면 반드시 다툼이 일어난다.

물질에는 안정이 있지만

인간의 마음에는 안정이 없다.

안정이 없는 것으로 안정이 있는 것을

움직이려고 하면 반드시 실패를 면하지 못한다.

그러므로 족함을 알고 분수를 지키면

천하에 부족함이 없고 만사가 태평스러워진다.

<뤼신우>

제1장

행복한 오늘을 사는
삶의 지혜

오늘 뜨는 해가 어제 뜨던 그 해가 아니고
오늘 부는 바람이 어제 불던 그 바람이 아니거늘
어찌하여 그대는
어제 일로 그토록 괴로워하는가?
오늘은 한 번도 살아본 적이 없는 새로운 날이니
희망을 갖고 살아보게나.
어제처럼 살지 말고.

인간적인 것이
가장 아름답고 가치 있다

지금 살아있음이 소중하기에 살아 있는 모든 것들을 사랑해야 한다. 따뜻한 가슴이 있기에 따뜻한 가슴을 가진 사람들과 어울려 아름다운 인연을 나누며 살아갈 수 있어야 한다. 내가 소중하기에 내 부모 형제를 소중히 해야 하고 내 친구와 내 이웃을 소중히 여겨야 한다.

오로지 돈 버는 일에만 열중하는 사업가가 있었다. 무일푼으로 시작해서 엄청난 돈을 벌어 이제는 갑부가 되었지만, 그는 재벌을 꿈꾸며 돈에 대한 욕심을 놓지 않았다.

그는 돈을 최고의 가치로 믿고 돈 이외의 것들에 대해서는 관심을 두지 않았다. 부모도 눈에 들어오지 않았고, 가정도 친구도 이웃도 그의 관심권에서 멀어져 있었다. 심지어 자신의 건강까지도 돈 다음으로 밀려나 있었다.

그러던 어느 날, 그는 갑자기 쓰러져 병원으로 실려 가는 신세가 되고 말았다. 병원에 실려 가서 그가 받은 진찰 결과는 아주 절망적이었다. 몸속에서 자라고 있는 암세포 때문에 길어야 3개월밖에 살 수 없다는 것이었다.

시한부 삶에 직면한 그는 눈앞이 캄캄해지면서 돈이 허무해지기 시작했다. 죽음 앞에서는 돈도 소용없다는 것을 임종을 목전에 두고서야 알게 된 그는 그동안 자신이 얼마나 어리석게 살아왔는지를 절실히 깨달았다. 입원한 지 한 달쯤 지나자 담당 의사가 들어와 말했다.

"현재 의술로는 더는 손을 쓸 수 없으니 집에 가서서 편히 쉬십시오."

끝이라고 직감한 그는 의사를 붙들고 통사정하기 시작했다.

"선생님, 더도 말고 딱 1년 만이라도 더 살게 해주십시오."

애원하는 그에게 의사가 물었다.

"1년을 더 사시면 무엇을 하려고 그러시오?"

의사의 물음에 그는 머리를 떨구며 말했다.

"그동안 저는 돈에 미쳐서 부모님에게도 소홀했고 가정에도, 친구나 이웃들에게도 소홀했습니다. 제가 만약 1년만 더 살 수 있다면 그동안 못한 효도도 해보고 싶고, 소홀했던 가정에도 충실해 보고 싶고, 그동안 잊고 살았던 친구들을 만나서 정다운 이야기도 나누고 싶고, 이웃들과 따뜻한 정도 나누고 싶습니다."

세상에는 탐나는 것들도 많고 아름다운 것들도 많다. 하지만 인간적인 것들보다 더 아름답고 가치 있는 것은 없다. 부모와 자식 사이에서 우러나오는 정, 부부 사이에서 빚어 나오는 사랑, 친구 사이에서 솟아나는 우정, 이웃과 나누는 인정 속에서 우러나오는 세상 사는 맛은 그 무엇과도 비교될 수 없는 아름답고 소중한 것들이다.

그런데도 우리는 그것들의 가치를 깨닫지 못한 채 살아간다. 건강하고 수중에 돈 좀 있다 싶으면 인간적인 것들에는 눈길조차 주지 않는다. 사람들 대부분이 그것들의 가치를 깨닫는 때는 죽음이 임박해서이다. 그때야 비로소 돈은 허무한 것이며 진정으로 아름답고 가치 있는 것은 살아 숨 쉬는 것과 인간적인 것들이라는 것을 뼈에 사무치도록 깨닫는다.

그러나 깨닫자마자 죽음이면 무슨 소용이 있는가. 죽음이 내일모레인데 회한의 눈물을 흘리면 무엇 하는가. 좀 더 건강할 때 인간적인 것들을 아름답게 생각해야 하고, 좀 더 젊고 왕성하게 활동할 때 살아 있음을 감사하게 여겨야 한다. 그래야 인간적인 것들을 가슴에 품을 수 있고, 미움보다 사랑이, 채찍보다 용서가, 물질보다 사람이 더 소중하다는 것을 깨달아 더욱 가치 있는 삶을 살아갈 수 있게 된다.

자기를
과시하지 않는다

✦ ✦ ✦

열매 달린 나무에만 사람들은 돌멩이를 던진다. <W.G. 베넘>

남보다 잘났다는 것을 과시하지 말라. 자신은 좋을지 몰라도 타인들은 시기와 질투의 눈길을 보낸다. 시기하는 것도 모자라 그것을 깨뜨리려는 무리들이 나타나 돈 많은 사람에게서는 돈을, 재주 좋은 사람에게서는 재주를, 권력가에게서는 권력을 빼앗으려 한다.

화창한 어느 가을날, 밤나무 한 그루가 아이들이 밤송이를 따내기 위해 던지는 돌멩이와 작대기에 대책 없이 얻어맞고 있었다.
열매를 맺지 않은 다른 나무들은 가을날의 평화를 마음껏 누리고 있었지만, 밤나무는 맛있는 밤을 달고 있다는 이유로 그런 고통을 당하고 있는 것이었다.
밤나무는 아프다고 소리쳤지만, 아이들은 밤송이를 따내기 위해 인정사정없이 돌멩이를 던지고 작대기로 후려쳤다. 얼마 후 아이들은 돌아갔지만, 밤나무는 가지가 잘리고 몸뚱이 여기저기가 찢기는 상처를 입고 말았다.

밤나무는 아픔을 참다못해 엉엉 울기 시작했다.

그때 옆에 있던 소나무가 말했다.

"나를 놀려먹을 때 알아봤다. 나보고 맛있는 열매도 맺지 못하는 바보라고 놀려먹더니 이 꼴이 뭐냐? 나는 너처럼 열매를 맺지는 못하지만 대신 평화를 누릴 수가 있어. 열매가 없으니까 나에게 돌멩이를 던지는 사람은 아무도 없어."

"……."

"밤송이 달고 있는 것을 너는 무슨 대단한 것인 양 자랑하지만, 그것은 꼭 너에게 좋은 것만은 아니야. 사람들은 꼭 그것을 노리거든. 상아 때문에 코끼리가 쓰러지고, 고운 털 때문에 밍크가 수난을 당하고, 웅담 때문에 곰이 사냥꾼의 표적이 되듯이 남다른 장점은 꼭 사람들의 표적이 되거든."

"그래 맞아. 나는 맛있는 밤을 가지고 있기 때문에 매년 이런 고통을 겪고 있어. 그런데 소나무야, 아직도 내 몸에는 밤송이가 많이 달려 있는데 어떡하지? 내일이면 또 아이들이 몰려와 돌멩이를 던지고 작대기로 후려칠 텐데."

"참아내야지 어쩌겠니. 그것은 다 열매를 너무 많이 만들어 놓은 네 욕심 때문인걸. 그러니까 내년부터는 열매를 적당히 만들어. 그러면 올해보다 훨씬 덜 맞게 될 거야. 밤송이가 달려 있지 않으면 아무도 너에게 돌멩이를 던지지 않아."

쟁쟁한 권력 때문에 테러의 표적이 되고, 고급차 때문에 강도의 표적이 되고, 많은 재산 때문에 가족이 유괴당해 고통받는 것은 이 때문이 아닌가? 권력자가 총 맞아 죽고, 재력가가 강도의 손에 죽는 것 또한 이 때문이 아닌가?

남들보다 더 많은 재산을 가지고, 남들보다 더 높은 권력을 쥐고, 남들보다 더 좋은 집에서 사는 것은 어깨를 으쓱댈 수 있는 좋은 일이지만, 꼭 그것들을 노리는 사람들이 있으니 그에 따른 고통도 있게 마련이다. 평지보다 돌출된 곳에 벼락이 떨어지고, 유별나게 눈에 띄는 곳이 사수의 타깃이 되듯, 튀게 행동하면 못된 시선의 표적이 되어 고통받게 된다.

보다 안전하게 살려면 자신을 되도록 감추고 살아야 한다. 자신을 낱낱이 공개해서 특이하게 보이려 하기보다는 자신을 되도록 감추고 평범하게 보이도록 해야 한다. 평범하면 거의 안전해진다. 평범한 사람들 틈에 끼어 평범하게 살아가면 아무도 시기하지 않고 아무도 돌멩이를 던지지 않는다.

베풀겠다는 마음이
중요하다

✦ ✦ ✦

다음과 같은 유대의 격언은 나에게 깊은 감명을 주었다.
'네가 건강할 때 베푸는 것은 금이고, 네가 앓을 때 베푸는 것은 은이며,
네가 죽은 뒤에 베푸는 것은 납이다.' <N. 스트라우스>

남 돕는 일을 부담스럽게 생각하거나 거창하게 생각할 것 없다. 마음만으로도 할 수 있는 것이 자선인데 푼돈이면 어떻고, 1년에 딱 한 번이면 어떤가. 내가 쓸 돈에서 조금만 덜어내면 목돈 축내지 않고도 얼마든지 남을 도와줄 수가 있다.

변두리에 살고 있는 한 주부가 도심에 있는 큰 상가로 식구들 겨울옷을 사러 나갔다. 남편과 아이 셋, 거기에다 시어머니 옷까지 사고 나니 옷 보따리가 꽤 커졌다. 보따리를 들고 이리저리 재봤지만 아무래도 버스 타고 가기는 힘들 것 같았다.

평소 절약 정신이 몸에 배어 있는 주부는 웬만해서는 택시를 타지 않았는데, 오늘은 짐을 핑계로 택시를 타기로 마음먹고 근처 택시 타는 곳으로 갔다. 연말이라 그런지 택시를 타려고 기다리는 사

람들이 길게 늘어서 있다.

줄의 맨 뒤에 서서 자기 차례가 오기를 기다리던 주부는 정류장 부근에서 종을 흔들고 있는 구세군을 발견했다. 길 한복판에는 자선냄비가 놓여 있고 지나가는 사람들이 드문드문 돈을 넣고 갔다.

오랜만에 자선냄비를 본 주부는 약간의 돈을 넣어주고 싶어 지갑을 열었다. 돈이 좀 들어 있을 줄로 알고 지갑을 열었지만, 지갑 속에는 만 원짜리 한 장만 달랑 있었다. 혹시나 해서 코트 주머니를 뒤져봤지만, 동전밖에 나오지 않았다. 마음은 만 원짜리를 넣어주고 싶었지만, 그것을 넣어주면 택시를 탈 수 없다는 생각에 슬며시 지갑을 닫았다.

주부는 반대편을 바라보며 애써 자선냄비를 외면하려 했지만, 자꾸만 눈길은 그쪽으로 쏠렸다. 몇 번이고 외면하려 했지만 그럴수록 시선은 자선냄비에 고정되었다.

자선냄비를 물끄러미 바라보고 있던 주부는 갑자기 짐을 챙겨 줄에서 이탈했다. 택시를 타려던 마음을 바꿔 버스를 타고 가기로 하고 만 원을 자선냄비에 넣었다.

큰 보따리를 들고 버스를 타려니 불편하기도 하고 다른 승객들 눈치도 봐야 했지만, 마음은 마냥 행복했다.

내가 쓸 돈에서 조금 덜어내서 도와주는 것, 내가 먹을 몫에서 조금 덜어내서 건네주는 것, 그것이 진정한 자선이다. 크게 도와야 한다는 생각을 버려야 한다. 크게 도우려 하기 때문에 작은 도움조차도 줄 수 없는 것이다. 십시일반이라는 말이 있듯이 진정한 자선은 작은 정성을 보태는 것이고, 작은 정성이라도 많이만 모이면 어려운 이웃들에게는 큰 보탬이 된다.

　이렇듯 남을 돕는 데 있어 주머니 사정은 그리 문제가 되지 않는다. 내가 가진 것을 조금만 덜어서 나누어준다는 마음만 가지면 남을 도울 수 있는 길은 얼마든지 있다. 커피 한잔 덜 먹고 도울 수도 있고, 밥 한 끼 덜 먹고 도울 수도 있고, 택시 대신 버스를 타고 도울 수도 있다. 내가 조금만 아끼면, 내가 조금만 불편을 감수하면 나보다 더 가난하고 불편한 사람들에게 푼푼이 베풀어 줄 수 있다.
　넉넉히 가지고 있어야만 베풀 수 있다거나 넉넉히 가지고 나면 그때 가서 베풀겠다고 다짐하는 사람은 절대 베풀지 못한다. 그가 베풀지 못하는 것은 지금 적게 가지고 있어서가 아니라 베풀고자 하는 마음이 없기 때문이다. 진정으로 베풀고자 하는 마음을 가진 사람은 적으면 적은 대로 베풀고, 많으면 많은 대로 베풀어 준다. 나물국을 먹고 있으면 나물국을 덜어 주고 고깃국을 먹고 있으면 고깃국을 덜어 준다.

주어진 환경을
원망하지 않는다

✦✦✦

사람들은 언제나 자기들이 처한 환경을 탓하지만 나는 환경이란 것을 믿지 않는다.
이 세상에서 성공하는 사람들이란, 일어서서 그들이 원하는 환경을 찾고,
만약 찾을 수 없을 때는 그것을 만드는 사람들이다. <G.B. 쇼>

환경을 원망하지 마라. 환경은 확정적인 것이 아니라 지극히 가변적인 것이다. 자신의 의지 여하에 따라 무한정 달라질 수 있다. 맨주먹이 수 억대 부자가 되고, 고아가 교수가 되는 것처럼 누구든 노력만 하면 환경을 180도 뒤집어 놓을 수 있다.

어려서 부모를 여의고 홀로 떠돌며 사는 사내아이가 있었다. 그는 신문 배달도 하고, 꽃도 팔면서 돈을 벌 수 있는 일이라면 가리지 않고 해서 하루하루를 생활해 나갔다.

어느 해, 대입 고사가 있는 날이었다. 그날도 그는 돈을 벌기 위해 한 대학교 정문 앞으로 가서 시험을 치르고 나오는 수험생들을 상대로 답안지를 팔았다. 한참을 정신없이 팔고 있는데 수위가 나와서 다른 곳으로 가라고 쫓았다. 그는 답안지를 대충 챙겨서 피하

는 척하다가 수위가 들어가자 다시 정문 앞으로 다가가서 팔았다. 그러나 얼마 되지 않아 수위는 또 나와서 쫓아냈고, 그럴 때면 그 순간만 슬쩍 피했다 다시 가서 팔았다.

그렇게 숨바꼭질하기를 몇 번, 아무리 쫓아내도 돌아서면 다시 오는 그를 막기 위해 수위는 아예 그 자리를 지키고 서 있었다. 다급해진 그는 답안지를 안고 수위에게 한 번만 봐달라고, 딱 10분만 봐달라고 애원했지만, 수위는 들어주지 않았다.

이렇게 수위와 실랑이를 벌이고 있는 사이 수험생들은 모두 빠져나갔고, 결국 그는 답안지를 얼마 팔지 못하고 손해를 보고 말았다.

수위의 매몰찬 행동에 약이 바짝 오른 그는 대학 정문을 바라보며 이를 악물었다.

'그래 두고 보자. 내가 이 대학의 교수가 되어 이 정문을 떳떳하게 드나들리라.'

그날 이후 그는 악에 받쳐 공부했다. 그날의 다짐을 현실로 돌려놓기 위해서 낮에는 돈을 벌고 밤에는 피나게 공부했다. 그렇게 해서 고등 과정까지 검정고시로 통과한 그는 장학생으로 대학에 들어갔고, 대학 졸업과 동시에 국비로 외국 유학까지 갈 수 있었다.

몇 년 후, 유학을 마치고 돌아온 그는 수위에게 쫓겨 다니며 설움을 받았던 그 대학의 교수로 부임했다.

환경은 결코 우리를 차별하지 않는다. 환경을 받아들이는 사람이 먼저 불평불만을 가지기 때문에 환경이 차별대우를 하는 것처럼 생각될 뿐이다. 언뜻 보기에는 좋은 환경에서 성장한 사람이 더 많이 성공하고 올바른 삶을 살아갈 것 같지만, 열악한 환경 속에서 성장한 사람도 그에 못지않게 성공하고 올바른 삶을 살아간다.

세상에 전개되어 있는 모든 환경은 나를 망치게도 할 수 있고, 성공하게도 할 수 있다. 똑같은 소아마비에 걸렸어도 미국의 루스벨트처럼 대통령이 되기도 하고 거리를 떠도는 거지가 되기노 히듯이, 똑같은 고아로 자라도 어떤 이는 교수가 되고 어떤 이는 불량배가 된다.

세상이 불공평한 것처럼 보여도 최후의 승리자가 된 사람들의 면면을 살펴보면 그렇지 않다. 그곳엔 언제나 유리한 조건을 가지고 출발했던 사람들과 불리한 조건을 가지고 출발했던 사람들이 보기 좋게 어우러져 있다.

사랑의 최고 가치는
헌신이다

❖ ❖ ❖

사랑이란 단순한 육체적 행위에 그치는 것이 아니라 언제나
정신적인 결합에 이르는 것이 중요하다. 가장 내밀한 정신적 친화력에 이르러서야
비로소 두 남녀는 사랑의 충족감을 얻게 된다. <H.F. 펠리스>

적어도 부부의 사랑은 연애 적의 사랑과는 달라야 한다. 영혼이 실
리고 책임이 실린 그런 사랑이어야 한다. 영혼이 실린 사랑이어야
몸뚱이 따라 왔다갔다 하는 뜨내기 사랑을 하지 않을 수 있고, 책임
이 실린 사랑이어야 살다가 중간에 내빼는 뺑소니 사랑을 하지 않
을 수 있다.

결혼한 지 얼마 안 된 신혼부부가 있었다. 이들에게는 오토바이
가 한 대 있었는데, 종종 함께 타고 한적한 장소로 가서 즐겁게 시
간을 보내다 오곤 했다.

그러던 어느 날, 아내를 뒤에 태우고 밤길을 달리던 남편이 그만
사고를 내고 말았다. 남편은 가벼운 타박상만 입었지만, 아내는 허
리를 크게 다쳐 구급차로 실려 갔다. 병원에 도착했을 때 이미 아내

는 하반신이 마비되어 있었다. 병원 진단 결과도 평생을 반신불수로 살아야 한다는 절망적인 것이었다. 신혼의 단꿈에 푹 젖어 있던 이들에게는 너무나도 불운이었다.

멀쩡하던 아내가 하루아침에 불구로 변했지만, 아내에 대한 남편의 지극한 사랑은 변함이 없었다. 남편은 휠체어에 의지하고 있는 아내의 팔과 다리가 되어 아낌없이 간호하였다. 아내는 남편의 헌신적인 사랑이 눈물겹게 고마우면서도 한편으로는 가슴이 아팠다. 여자 구실도 제대로 못하는 자신을 평생 데리고 살아야 할 착한 남편을 생각하면 자꾸만 눈물이 났다.

남편의 헌신적인 사랑이 계속될수록 아내의 괴로움은 더 커져 갔다. 젊은 남편을 불구인 자신이 붙들어 놓고 있는 것은 사랑하는 남편에 대한 도리가 아닌 것 같아 더욱 괴로웠다. 아내는 깊은 고민 끝에 남편을 새출발시키기로 결심하고 남편에게 이혼을 제안했다. 그러나 남편의 반응은 단호했다.

"난 그렇게 할 수 없어. 당신의 병이 완쾌돼서 자유롭게 걸어 다닐 수 있으면 그때 이혼해 주지."

이혼 요구가 받아들여지지 않자 아내는 다른 요구를 했다.

"그럼, 나가서 다른 여자와 사귀세요. 당신이 다른 여자와 딴살림을 차려도 아무 상관하지 않을 테니 내 눈치 보지 말고 자유롭게 행동하세요."

"당신을 두고 내가 그런 짓을 할 수 있으리라고 생각해?"

남편의 선한 눈매를 바라보며 아내는 울먹인 목소리로 말했다.

"여보, 내가 여자구실을 할 수 없어 죄책감이 들어서 그래요."

"죄책감이라니 가당치도 않아요. 당신과 이렇게 함께 있는 것만으로도 나는 정말 행복해요."

헌신적 사랑은 외적인 것들의 변화에 영향을 받지 않는다. 그런 사랑은 외적인 변화의 한계를 넘어 영혼을 사랑하는 것이기 때문에 사랑하는 사람이 어떠한 상태에 처해 있든 그것은 사랑을 나눔에 아무런 영향을 주지 못한다.

평생에 단 한 사람을 사랑해도, 평생에 단 하루를 사랑해도 헌신적인 사랑을 해야 한다. 혼과 정성을 다해 사랑하는 사람의 모든 것을 포용하는 헌신적인 사랑은 사랑의 가치를 최고로 끌어올리는 완전한 사랑으로서, 사랑을 받는 사람도 행복하게 하고 사랑을 주는 사람도 행복하게 한다.

사랑의 결속력은 헌신적인 사랑을 할 때 가장 강해진다. 사랑의 가치를 겉(외모)이 아니라 속(마음)에 두고 있는 헌신적 사랑은 어떠한 변화에도 이별하는 일이 없다. 아니 외부에서 변화가 가해지면 가해질수록 더 강하게 결속한다.

내가 나를 인정해야
나의 존재 가치가 빛난다

♣♣♣

'나는 유용한 재목이다'라는 자신감만큼
그 사람에게 유익한 것은 없다. <카네기>

자신이 자신에게 별 볼 일 없는 사람이라는 평가를 내리지 말아야 한다. 그것은 자신의 존재 가치를 깡그리 부정하는 것이고 한 번뿐인 인생에 마침표를 찍는 것이다. 남들이 별 볼 일 없다고 비난하는 것보다 스스로 별 볼 일 없다고 단정 짓는 것이 인생에 더 치명적이다.

번듯한 대학까지 졸업했지만 5년 동안 취직을 못 해 백수 생활을 하고 있는 남자가 있었다. 그는 직장을 못 구한 탓에 장가도 못 가고 속절없이 나이만 먹어가고 있었다.

1년, 2년, 3년, 백수 생활이 거듭하면서 그는 인생에 자신감을 잃어 갔다. 식구들로부터 외면당하고 친구들로부터도 소외당하면서 인생에 회의를 느끼기 시작했다. 자신이 세상에서 가장 못나고 한

심하다고 생각한 그는 이렇게 구차스럽게 사느니 차라리 죽는 것이 낫다고 생각하고 강가로 갔다. 젊은 나이에 죽는다는 것이 몹시 서러웠지만, 차라리 죽어 구차한 인생을 끝장내기로 마음먹고 강물 속으로 뛰어들 자세를 취했다.

그때였다. 빈 병과 폐지를 주우러 다니던 고물 장수 아저씨가 그의 행동을 수상쩍게 여기고 다가와 말을 걸었다.

"거, 보아하니 신세 비관하고 강물 속으로 뛰어들려고 하는 것 같은데 맞수?"

"아저씨는 상관하지 말고 저리 가세요."

"무슨 사연인지는 모르겠지만 웬만하면 참고 살구려."

"나같이 한심한 놈은 이 세상에 살아 있을 가치가 없어요."

"꼭 죽어야겠으면 나하고 고물이나 주우러 다닙시다. 그것이 죽는 것보다는 백 배 나을 거요. 이래 보여도 이 일이 낭만이 있다오."

"아니 아저씨, 나를 어떻게 보고 하는 소리요. 내가 고물이나 주우러 다닐 사람 같습니까?"

"고물 주우러 다니는 나도 이렇게 사는데 고물 주우러 다닐 사람이 아닌 사람이 뭐가 원통해서 죽으려 한단 말이오?"

"……."

"거참, 멀쩡한 인생 생으로 잡지 마시구려."

세상 사람이 다 나를 별 볼 일 없는 인간 취급해도 나만은 나를 별 볼 일 없게 취급해서는 안 된다. 나마저 나를 외면하면 세상에 내 편은 하나도 없는 것이 되고 내가 발붙일 곳이 없게 된다.

남들이 나를 인정해 주지 않는 것보다도 내가 나를 인정해 주지 않는 것이 더 나쁘다. 남들이 다 나를 별 볼 일 없는 인간 취급해도 나만 나를 괜찮은 사람으로 인정하면 나는 괜찮은 사람이 되지만, 남들이 다 나를 괜찮은 사람으로 추켜세워도 내가 나를 한심한 사람으로 비하하면 나는 한심한 사람이 되고 만다.

내가 존재하기 위해서는 나만은 나를 인정해야 한다. '나는 아직 젊다' '나는 아직 가치가 있다' '나에게는 남다른 능력이 있다'고 인정해야 희망도 생기고 용기도 생기고 살아갈 의욕도 생긴다.

내가 한심해 보이면 보일수록 더 나를 인정하기 위해서 노력해야 한다. 세상 그 누구의 인정보다도 나에게는 내 인정이 필요하다. 세상 사람 백 명이 인정하는 것보다 내가 나를 인정하는 것이 더 큰 힘이 되고, 세상 사람 천 명이 다독이는 것보다 내가 나를 다독이는 것이 더 큰 위로가 된다.

한 번뿐인 내 인생
내가 운전한다

✦✦✦

자기 잘못을 남의 탓으로 돌리는 사람치고
자기 인생 제대로 챙겨 사는 사람 없다. <세네카>

내 인생을 두고 탓해야 할 사람은 나밖에 없다. 지금의 내 인생은
내가 스스로 끌어온 것이다. 내가 내 인생의 주인공이 되어 파란만
장한 인생을 연출해 온 것이고 그 결과가 지금의 '나'다. 타인들은
내 인생에 엑스트라 역할만 해줬을 뿐이다.

어느 초등학교 4학년 교실에서 소란이 벌어졌다. 체육 시간에
한 학생의 돈이 없어진 것이었다. 담임선생은 반 학생들에게 자수
하라고 벌을 주고 엄포를 놓았지만 끝내 자수하는 학생은 나오지
않았다.

그런데 체육 시간 중간에 두 명의 남학생이 교실에 들어왔다는
사실이 새롭게 밝혀지면서 의심의 눈초리는 이들 두 학생에게로 집
중되었다.

두 학생은 돈을 훔치지 않았다고 결사적으로 주장했지만 반 학생들은 이들이 돈을 가져갔다고 의심했고, 담임선생도 이들을 의심했다. 결백을 주장하는 이들에게 담임선생은 매까지 들며 진범으로 몰아갔다.

그날 이후부터 반 학생들은 이들을 도둑놈이라고 놀리기 시작했다. 억울하게 도둑 누명을 쓴 이들로서는 참을 수 없는 치욕이었지만 시간이 가면 수그러들 것으로 생각하고 꾹 참아냈다.

하지만 해가 바뀌어 5학년이 되어도 놀림은 여전하였고, 이들과 함께 어울리려고도 하지 않았다. 그러자 이들 중 민호라는 학생은 따돌림을 견디지 못하고 자퇴를 하고 말았다.

하지만 혁민이라는 학생은 더 이를 악물었다. '그래 두고 보자. 내가 너희들보다 더 떳떳한 삶을 살아서 나의 정직성을 보여줄 것이다'라고 결심한 혁민은 자기를 놀리는 학생들보다 몇 배 더 열심히 공부했다.

그로부터 15년 후, 이들은 공교롭게도 신성한 법정에서 만났다. 반 아이들의 놀림에 견디지 못하고 자퇴한 민호는 전과 10범으로, 그들의 놀림에 자극받아 더 열심히 공부한 혁민은 판사로 소설 같은 재회를 하게 된 것이다.

재판 중에 초등학교 동창이라는 것을 눈치챈 혁민이 재판이 끝나고 민호를 따로 불러 만났다.

판사인 혁민이가 안타까운 듯이 말했다.

"너 진짜 도둑이 되었구나. 너를 도둑놈이라고 놀리던 그때 우리 반 애들을 생각해서라도 더 정직하게 살았어야지. 도대체 이 꼴이 뭐냐?"

그러나 절도범인 민호가 눈을 부릅뜨며 말했다.

"나를 이 꼴로 만들어 놓은 것은 죄 없는 나를 도둑놈으로 몰아간 애들과 우리 담임선생이야. 그들이 나를 도둑놈으로만 몰지 않았어도 내 인생이 이렇게 빗나가지 않았어."

혁민은 치미는 감정을 억누르고 차분하게 말했다.

"그것은 변명이야. 네 말대로 그들 때문에 네 인생이 이렇게 되었다면, 너와 함께 도둑놈 소리를 들었던 나도 절도범이 되어 있어야 하지 않겠니? 내가 판사가 될 수 있었던 것은 아무 죄도 없는 나를 도둑놈으로 몬 우리 반 학생들과 담임선생님 덕분이야. 그들 때문에 나는 더 이를 악물고 공부할 수 있었던 거야."

"……!"

"민호야. 이쯤에서 새로 출발하도록 해. 네가 이런 삶을 계속 사는 한 너는 억울하게 뒤집어쓴 도둑 누명을 영원히 벗을 수가 없어."

내 인생은 내가 운전하고 있다. 내 인생의 방향은 내 판단과 내 의지에 따라서 결정되고 또 전진한다. 타인들은 내 인생을 간섭할 수는 있으되 조종할 수는 없다. 타인들이 강요하고 간섭한다고 해도 내가 거부해 버리면 내 인생은 *끄떡*도 하지 않는다.

　내 인생이 성공으로 장식될 것인가 실패로 장식될 것인가는 전적
으로 내 손(의지)에 달려 있다. 내가 어떻게 운전하느냐에 따라서
안전 운전이 될 수도 있고 사고 운전이 될 수도 있는 것처럼, 내가
어떤 판단을 하고 어떻게 행동하느냐에 따라서 성공 인생이 될 수
도 있고 실패 인생이 될 수도 있다.

　내 인생은 내가 책임진다는 적극적인 자세로 살아가야 한다. 그
래야 내 인생에 최선을 다할 수 있고, 내 인생 무궁무진하게 발전시
켜 놓을 수 있다.

　변명 따위나 늘어놓으며 남의 탓만 해서는 아무 발전이 없다. 자
기 인생을 내팽개친 채 핑계 거리나 찾아 헤매는 그런 인생에는 영
영 희망의 빛이 들지 않는다.

세상은 동업자 관계로
얽혀 있다

❖❖❖
우리는 협동하기 위해서 태어났다.
발이 그렇고, 손이 그렇고, 눈꺼풀이 그렇고, 위아래 턱이
그러하듯이. <마르쿠스 아우렐리우스>

작은 일을 하고 있다고 작게 보아서는 안 되고, 미천한 일을 하고 있다고 미천하게 보아서는 안 된다. 한목숨 받아 사는 것이 똑같고 평등하거늘, 어찌 귀함과 천함이 있고 잘남과 못남이 있으랴. 인간 세계에서 차이란 오직 능력과 가치관뿐인 것을.

시간을 정확히 맞추던 시계가 어느 날 갑자기 멈춰 섰다.
주인이 시계한테 물었다.
"약이 떨어져서 그러니?"
시침이 대답했다.
"아니에요. 초침이 일을 하지 않기 때문이에요."
주인은 잠자고 있는 초침을 깨워 물었다.
"어디 아픈 데 있니? 아니면 나한테 무슨 불만이라도 있니?"

그러자 초침이 매우 서운한 표정을 지으며 대답했다.

"시침과 분침이 제 몸이 가늘다고 무시하고 얕잡아보기 때문이에요. 내가 일은 가장 많이 하고 있는데도 자신들이 일을 다 하는 양 으스대고, 저 같은 것 하나 없어져도 상관없다면서 저를 매일 구박해대니 제가 일할 맛이 나겠어요?"

초침의 시정을 듣고 보니 주인은 이해가 되었다. 시침과 분침이 잘못한 것임이 명백했다.

주인은 당장 시침과 분침을 불러 놓고 꾸짖기 시작했다.

"배은망덕도 유분수지, 초침 덕분에 돌아가는 너희들이 어떻게 초침을 구박할 수 있나? 너희들은 초침을 가치 없이 취급하며 없어져도 괜찮다고 하지만, 막상 초침이 없어지면 너희들도 무용지물이야. 당장 봐라. 초침이 멈춰 서니까 너희들도 꼼짝없이 멈춰 서야 하잖나? 초침의 공을 결코 과소평가해서는 안 된다. 너희들을 존재시키는 것은 초침임을 한시도 잊어서는 안 된다. 알았느냐?"

주인으로부터 심한 꾸중을 들은 시침과 분침은 자신들의 잘못을 크게 뉘우치고 초침에게 사과했다.

초침이 사과를 받아들여 일하기 시작하자 분침과 시침도 움직여 시계는 정상적으로 작동하기 시작했다.

사회는 시계의 초침과 분침과 시침의 관계처럼 얽혀 있다. 초침이 존재해야 분침과 시침이 존재할 수 있듯이, 국민이 존재해야 공무원과

대통령이 존재할 수 있고, 근로자가 존재해야 관리자와 사장이 존재할 수 있다.

　나보다 지위가 낮다고, 나보다 미천한 일을 하고 있다고, 나보다 힘없고 '빽' 없다고 그들을 얕잡아보거나 업신여겨서는 안 된다. 그들이 있기에 내가 있는 것이고 지금 내가 누리고 있는 영광은 그들의 도움 때문이다. 그들은 내가 해야 할 일을 대신해 주고 있는 고마운 사람들이고, 나의 영광을 위해 노고를 아끼지 않고 있는 필요한 존재들이다.

　내 주위에 있는 사람들을 항상 고맙게 생각해야 한다. 그들이 고무신을 팔고 있든, 화장실을 청소하고 있든, 아파트 경비를 하고 있든 따뜻하고 인정 있게 그들을 대해야 한다. 세상에 있는 동안은 누구나 동업자. 나와 직접적인 이해관계를 맺고 있지 않더라도 알게 모르게 그들의 도움을 받는다. 그들과 나는 보이지 않는 줄로 연결되어 서로 필요한 것들을 나누며 살아가고 있다.

능력이 부족하다는 것은
핑계일 뿐이다

♣ ♣ ♣

보통의 지력(知力)을 가지고 있는 사람이라면
능력을 개발하고, 집중력을 배양하고, 노력을 게을리하지 않으면
되고 싶은 대로 될 수 있다. <필립 체스터필드>

남의 도움이나 기다리면서 시간이나 에너지를 허비하는 것은 어리석은 실패자들이 즐겨하는 행동이다. 자신에게 주어진 힘이 모자란다고 하여도 자기 스스로 하지 않으면 안 된다고 생각하게 되면, 또 남의 도움을 기대하지 않게 되면 어떻게든 하게 되는 것이다.

어려서부터 붓글씨, 간판 글씨 등 다양한 글씨를 써본 나였지만 차트와는 인연이 없었다. 아니 차트를 쓸 기회도 없었고, 차트를 구경도 못 했다는 것이 솔직한 표현이다. 입대를 앞둔 젊은이들이 차트병으로 근무하려고 차트 학원까지 다니기도 한다지만 나는 차트 학원 문턱에도 가보지 못하고 입대했다.

그런 내가 운 좋게도 간단한 실기를 거쳐 작전과 차트병으로 차출되었다. 그동안 차트병으로 근무하던 사병이 곧 전역하게 되어

내가 그 자리를 메우게 된 것이다.

작전과의 생활이 소대원 생활보다는 훨씬 더 편하기는 했지만 차트 쓰는 요령을 전혀 모르고 있었던 나는 차트를 쓰라는 지시가 떨어지면 어떻게 하나 하는 생각에 걱정이 되었다.

작전과 생활에 익숙해지기도 전에 차트를 쓰라는 지시가 떨어졌다. 나는 종이와 자 그리고 여러 가지 도구를 챙겨서 차트실로 들어갔다. 차트를 쓰기도 전부터 눈앞이 캄캄해지면서 등에서는 식은땀이 줄줄 흘러내렸다. 내가 알고 있는 상식과 재주를 총동원하여 써봤지만, 실수만 거듭했다.

2시간 동안 한 장의 차트도 쓰지 못하고 하늘이 무너져 내리는 고통을 겪고 있을 때, 구세주와도 같은 고참이 들어왔다. 전역을 며칠 앞둔 고참이 내가 잘하고 있는지 걱정이 되어서 찾아온 것이다.

한 장의 차트도 쓰지 못하고 쩔쩔매고 있는 나를 본 고참은 내가 안쓰러워 보였던지 손수 차트를 쓰기 시작했다. 순간 나는 살았다는 안도감과 함께 지금이 차트를 배울 수 있는 유일한 기회라고 생각하고 긴장을 늦추지 않았다. '오늘 밤에 차트를 배우지 못하면 차트병 자리에서 쫓겨나야 한다'는 절박감에 나는 정신 집중을 했다.

악몽과도 같았던 첫 차트는 고참 덕분에 무사히 넘어갈 수 있었고, 나는 그날 밤 차트 쓰는 법을 완전히 익혀서 전역할 때까지 아무 탈 없이 근무할 수 있었다.

도전해 보기도 전에 '안 된다'라든지 '할 수 없다'는 말을 해서는 안 된다. 한계를 헤아릴 수 없는 능력은 자신의 의지 여하에 따라 무궁무진하게 뻗어나갈 수도 있고 그 상태로 멈춰 버릴 수도 있다. '할 수 없다'라고 자포자기하면 능력은 거기서 한계를 짓지만 '할 수 있다'라고 자신감을 가지면 능력은 무한정 뻗어나간다.

능력이 부족하다는 것은 새빨간 거짓말이다. 그것은 해내고자 하는 의지가 부족하다는 핑계일 뿐이다. 모든 사람에게는 무궁무진한 잠재력이 부여되어 있다. 죽는 날까지 개발해도 다 개발하지 못할 만큼의 능력이 몸속에 있다. 그럼에도 불구하고 그 능력이 한 번 빛을 보기도 전에 무덤으로 들어가는 것은 쉬운 일, 할 수 있는 일만 골라서 하려 하기 때문이다.

좀 벅차 보이고 불가능해 보이더라도 할 수 있다는 자신감을 가지고 도전해봐야 한다. 성공의 가능성이 50%만 보이더라도 하면 된다는 자신감을 가지고 덤벼들어야 한다. 자신감을 가지고 덤벼들면 나머지 50%는 몸속에서 잠자고 있는 잠재력이 깨어나 성공으로 이끌어 준다. 세상의 모든 성공은 이렇게 해서 이루어진다.

나만의 행복을 바라는 데서
고통은 시작된다

✤✤✤

행복했던 시절을 비참한 환경 속에서 생각해내는 것만큼
큰 슬픔이 또 있을까. <단테>

이혼은 최후의 수단으로만 감행해야 한다. 백 번을 생각하고 천 번을 생각해도 이혼 이외의 방법이 없다는 벼랑 끝 판단이 설 때만 해야 한다. 그래야 경솔하게 이혼하는 일도 생기지 않고 이혼하고 나서도 후회하는 일이 생기지 않는다.

직장에서 만나 언니 동생하며 친자매처럼 지내던 두 여성이 한 달 간격을 두고 결혼을 하였다. 꿈에 부풀어 결혼했지만, 이들의 결혼생활은 둘 다 원만하지 못했다. 먼저 결혼한 언니는 남편이 술을 너무 좋아해서 속 썩으며 살았고, 한 달 뒤에 결혼한 동생은 고부갈등으로 몹시 속을 끓이며 살았다. 결혼하고도 이들은 서로의 집을 오가며 가깝게 지냈다. 서로의 처지를 잘 알고 있는 이들은 만나면 결혼생활의 고충을 털어놓으면서 위로를 주고받았다.

그러던 어느 날, 언니가 남편과 심하게 다투고 동생 집으로 와서는 당장 이혼하겠다고 했다. 동생은 이혼만은 안 된다며 언니에게 참고 살라고 했지만, 언니는 아이 생기기 전에 이혼하는 것이 더 큰 불행을 막는 길이라면서 미련 없이 갈라섰다.

언니는 이혼한 후 재혼 생각을 아예 접어 두고 독신으로 홀가분하게 살았다. 누구의 구속도 방해도 받지 않는 완전한 자유의 몸이 되어 자신이 하고 싶은 일을 하며 살았다. 하지만 동생은 속을 끓이면서도 꾹 참고 살았다. 언니가 자꾸 찾아와서 "이 맹추야, 왜 그러고 사는 거니? 편하게 살아." 하고 바람을 넣었지만, 동생은 흔들리지 않고 꿋꿋이 버텨냈다.

세월이 많이 흘러 이들은 50대가 되었다. 언니는 그 나이 되도록 여전히 독신으로 살고 있었고, 동생은 아들과 딸을 둔 든든한 안주인으로 변해 있었다.

언니의 삶은 20년 전이나 지금이나 변화가 없었지만, 동생의 삶은 그동안 많은 변화가 있었다. 시어머니가 돌아가시고 난 후 남편과의 관계도 원만해졌고, 돈 벌어 넓은 아파트도 장만했고, 무엇보다 아이들을 반듯하게 키워 놓아 남부러울 것이 없었다.

어느 날, 동생 집에 놀러 왔다가 안정된 가정 속에서 여유롭게 늙어가고 있는 동생을 보고 언니가 속마음을 털어놓았다.

"이혼하지 않고 가정을 지킨 네가 현명했어. 나는 이게 뭐나? 이혼하고 홀가분하게는 살았지만 나에게 남은 것은 아무것도 없어. 너처럼 가정이 있니, 아이들이 있니? 난 여태 인생을 헛살아온 거야."

혼자가 되기 위한 이혼은 철저히 경계해야 한다. 이혼만 하면 고통에서 벗어나고 더 많이 행복해질 것이라는 착각에 사로잡혀 이혼해서는 안 된다. 경솔한 이혼이나 잘못된 이혼은 행복의 시작이 아니라 불행의 시작이 된다.

이혼하고 나서 행복을 찾은 사람도 있지만 이혼하고 나서 불행해진 사람 또한 너무 많다. 더 많은 행복을 누리고 싶어서, 더 많은 자유를 누리고 싶어서 이혼하려 한다면 이혼하지 말고 그냥 사는 것이 낫다. 이혼하고 혼자 살면서 느끼는 행복보다 좀 지지고 볶더라도 부부로 살면서 느끼는 행복이 훨씬 크고, 이혼하고 혼자가 되어서 누리는 자유보다 좀 불편하고 거치적거리더라도 배우자와 함께 사는 모습이 훨씬 아름답다.

부부관계에 다소 문제가 있더라도 가정을 지키고 가정 안에서 살아가는 것이 자신에게도 좋고 겉으로 보기에도 좋다. 남편(부인)과 자녀들에게 둘러싸여 웃음 머금고 살아가는 모습은 행복하고 아름답기 그지없다. 한 가정의 안주인(가장)이 되어 여유롭게 늙어가는 모습은 한결 멋스러워 보인다.

자신에게만 존재하는 것에
충실하라

*** * ***

다른 사람이 해낼 수 있는 일은 하지 말라. 다른 사람이 말할 수 있는 것은 말하지 말라.
쓸 때도 마찬가지로 그런 것은 쓰지 말라. 아무 데도 없고 단지 너에게만 존재하는
것에 충실함으로써 너 자신을 필요불가결한 것으로 만들라. <A. 지드>

사람에게는 각자 능력(특기)이 있다. 이 능력을 개발해야만 비로소
개성 있는 인간으로 살아갈 수 있다. 그리고 남이 잘하는 것을 모방
하여 따라가는 것보다는 각자가 가진 특기를 개발하는 것이 최고가
되는 길이다. 아무리 좋은 것이라고 해도 자신의 특성에 맞지 않으
면 무용지물에 불과하다.

　사람의 능력도 마찬가지다. 어떤 사람은 전자 쪽에 소질이 있는
가 하면, 어떤 사람은 기계 쪽에 소질이 있다. 또 어떤 사람은 손재
주가 있는가 하면, 어떤 사람은 두뇌 회전이 빠른 사람이 있다.

　이렇게 모든 사람에게는 각자의 독특한 능력(소질)이 있는데, 이
능력에 알맞은 것을 선택해서 그 길로 나가는 것이 최선의 지름길
이 된다. 그렇지 않고 남들이 좋다고 하니까 자신의 능력을 무시한
채 그 방향으로 가는 것은 자신의 독특한 능력(소질)을 말살하는 것

이고, 결국 갖가지 부작용만 초래한다.

자신이 가진 능력과 현재 자신이 하고 있는 일이 서로 부합될 때 최대의 효과를 발휘한다. 철로 위에서는 기차가 부합된 것이고, 도로 위에서는 자동차가 부합한 것이다. 철로가 막히지 않고 빠르다 하여도 자동차가 달릴 수는 없는 것처럼, 자신의 능력에도 맞지 않는 직업(일)을 남들이 좋다고 해서 할 수는 없다. 물론 억지로 하기 싫은 일도 할 수는 있으나 얼마나 고통이 뒤따르겠는가.

이러한 것은 직업뿐만 아니라 교육에서도 마찬가지며, 교육도 능력에 맞게 실시하여야 한다. 그런데 우리나라의 교육에서는 개인의 능력은 거의 배제되고 있다. 교육을 받는 자는 단순히 고학력의 졸업장을 만드는 기계에 불과하다. 교육을 담당하는 기관도, 교육을 시키는 학부모도, 배우고 있는 자신도 능력 따위는 제쳐두고, 모두가 하나 같이 고학력의 졸업장을 쟁취하기 위해서 우르르 몰려간다. 얼마나 어리석은 행동인가는 까맣게 잊고서.

교육은 개인이 가지고 있는 능력을 개발하고 향상시키기 위해서 존재해야 한다. 능력과 전혀 관계없는 자격증을 따기 위해서 교육을 하거나 받는 것은 산에 가서 물고기를 구하려고 하고, 바다에 가서 짐승을 잡으려고 하는 것과 조금도 다를 것이 없다.

능력도 없는 아이한테 엄청난 돈을 들여 과외를 시켜서 대학 졸업

장만 따면 무슨 소용이 있겠는가. 고등실업자만 만들 뿐이다. 차라리 적성에 맞는 것을 개발시키고 향상시켜 그 분야에서 활동하게 하는 것이 훨씬 바람직한 것이다.

중국의 작가 노신의 메시지를 음미해보라.

"자식은 자기 것인 동시에 자기 것이 아니다. 자식은 자기의 것이므로 더한층 교육의 의무를 다하여 그들에게 자립할 수 있는 능력을 키워주어야 하며, 또 자기의 것이 아니기 때문에 모든 것을 그들 자신의 것이 되게 하고 하나의 독립된 인간으로 만들지 않으면 안 된다."

자녀의 적성을 개발시켜 주어야 한다. 적성은 특유의 능력이자 조물주로부터 부여받은 최고의 선물로서, 적성을 알차게 개발시켜 주어야 자녀는 신바람 나는 인생을 살아갈 수 있다.

부질없는 이기심으로 자녀의 적성을 묻어 버려서는 안 된다. 부모는 자녀의 인생에 협조자가 되어 주어야지 간섭자가 되어서는 안 된다. 부모의 뜻에 어긋나더라도 진정으로 자녀가 가고 싶어 하면 그 길을 갈 수 있도록 격려해주고 도와주는 것이 부모의 할 일임을 명심해야 한다.

살아가는 즐거움을
스스로 터득하게 한다

✻✻✻
사회는 싸움터와 다름없다.
항상 완전 무장하고, 또한 약점에는 갑옷을 한 번 더 겹쳐 입을 정도의
마음 준비가 되어 있어야 한다. <필립 체스터필드>

둥지는 새끼를 위해서 존재하듯이 부모 품속은 어린 자식을 위해서
존재한다. 새끼가 날 수 있으면 둥지에서 떠나보내듯, 자식이 제 앞
가림을 할 수 있으면 품 안에서 내보내야 한다. 다 큰 자식을 품에
끼고 있는 것은 다 큰 새를 둥지에 넣어 놓는 것과 같이 우스꽝스
러운 일이다.

대학 주변에서 학생들을 상대로 하숙을 치는 아주머니가 있었다.
하숙집 아주머니는 부모 품을 떠나 고생하며 공부하고 있는 하숙생
들을 친자식처럼 따뜻하게 대해 주었고, 그런 아주머니를 하숙생들
도 친어머니처럼 따르고 존경했다.

하숙집 아주머니에게도 대학에 다니는 아들이 한 명 있었는데,
웬일인지 아주머니는 아들을 하숙생처럼 대했다. 방도 하숙생들과

같이 쓰게 했고, 밥도 하숙생들과 같이 먹게 했으며, 심지어 아들에게서 하숙비까지 꼬박꼬박 받았다.

아주머니의 그런 태도를 예사롭지 않게 생각한 한 하숙생이 그 이유를 묻자 아주머니는 이렇게 대답해 주었다.

"아들에게 세상에 편한 밥은 없다는 것을 가르치기 위해서란다. 편한 밥에 길들여지면 의지도 약해지고 몸뚱이도 게을러져 졸업 후 사회로 나가는 데 주저하게 되지만, 고된 밥에 길들여지면 의지도 강해지고 자립심도 생겨서 사회에 곧바로 적응할 수 있단다. 하나밖에 없는 아들 사회의 낙오자로 만들고 싶지 않아서 나는 내 아들을 하숙생 취급한단다."

자식이 귀하다 하여 편한 밥(부모가 일일이 먹여 주는 밥)만 먹여서는 안 된다. 그것은 자식을 망치는 일이지 자식을 위하는 일이 결코 아니다. 편한 밥에 길들여지면 자식은 약해질 대로 약해져 조그마한 어려움에도 견디지 못하고 주저앉는 사회의 낙오자로 전락하고 만다.

진정으로 자식의 장래를 위하고 싶다면 자식에게 고된 밥(스스로 찾아 먹는 밥)을 먹게 해야 한다. 자식이 품 안에 있을 때 적어도 한 번은 고된 밥을 먹어볼 수 있도록 등을 떠밀어야 한다. 세상에 나가 고된 밥을 먹는 사이 자식은 스스로 사는 법을 터득하게 되고, 그것을 발판 삼아 손색없는 사회 구성원이 되어 살아간다.

자식을 너무 오래 품고 있어서는 안 된다. 자식이 둥지를 틀고 살아가야 할 곳은 아늑한 부모 품속이 아니라 약육강식(弱肉强食)의 논리가 철저히 적용되는 세상이기 때문에 제 스스로를 책임질 수 있는 나이가 되면 주저하지 말고 품 안에서 밀어내 세상과 부딪쳐 볼 수 있도록 기회를 만들어 주어야 한다.

자립정신이야말로 진정한 성장의 뿌리라고 할 수 있다.

프랑스의 종교사가인 르낭은 자립에 대해 이런 말을 했다.

"남에게 의지하면 실망하는 수가 많다. 새는 자신의 날개로 날고 있다. 따라서 사람도 스스로 자기의 날개로 날아야 한다."

부모나 스승 등 윗사람에게 지나친 기대를 갖지 않도록 해야 한다. 그렇지 않으면 언제까지나 자립할 방도를 찾을 수가 없다.

가까운 사이일수록
더 어려워하라

***

아무리 친한 사이라도
둘 사이를 파괴하고 싶지 않으면, 또 오래 지속시키고 싶으면
어느 정도의 예의는 필요한 법이다. <필립 체스터필드>

친한 사이라고 해서 경솔하게 대하거나 무례를 범해서는 안 된다.
그러한 사이일수록 더욱더 정성스럽고 조심성 있게 대해 주어야 한
다. 친한 사이에서 이별을 결심하면 더 잔인하게 떠나고, 친한 사이
에서 서운한 마음을 품으면 더 냉정히 소원해진다.

남편의 월급으로만 꾸려나가고 있는 가계(家計) 사정이 딸과 아들
이 대학생이 되자 조금씩 쪼들리기 시작했다.

남편의 월급 이외에는 이렇다 할 돈 나올 곳이 없다는 것을 잘
아는 아내는 일을 하기로 마음먹었다. 이것저것 일자리를 알아보던
그녀는 구인 광고를 보고 찾아가 운 좋게 보험설계사가 되었다. 그
러나 기대와는 달리 경험이 전혀 없는 그녀가 처음부터 실적을 올
린다는 것은 쉬운 일이 아니었다.

그래서 그녀는 가장 쉬운 방법을 찾게 되었는데, 바로 아는 사람들을 찾아 나서기로 한 것이다.

그녀가 처음으로 찾아 나선 사람은 가까운 친척이었고, 그다음은 친구들이었으며, 그다음은 동창이나 고향 사람, 또 이웃 사람들이었다. 처음의 주저함과는 달리 실적에 맛을 들인 그녀는 거리낌 없이 조금이라도 안면이 있고 연고가 있는 사람이면 머뭇거리지 않고 찾아 나섰다.

그녀의 계산은 정확하게 맞아떨어졌다. 모두가 부탁을 거절하지 못하고 보험에 가입해 준 덕분에 쉽게 실적을 올리고 덩달아 많은 돈도 벌 수 있었다.

그런데 문제가 생겼다. 그렇게 재미를 본 그녀는 한 번에 그치지 않고 시도 때도 없이 그들에게 전화하고 찾아가 또 다른 상품 가입을 부탁하는가 하면 주변인들을 소개해 달라고 하면서 난처하게 만든 것이다.

처음에는 차마 부탁을 거절할 수 없어서 응해 주었던 사람들은 그녀의 이런 행동이 계속되자 귀찮은 존재로 점찍고 슬슬 피하기 시작하더니 이내 안면박대하고 외면해 버렸다.

아는 사람에게 부탁하여 금전적 이익을 챙기는 일이 없도록 해야 한다. 진실로 어려울 때 한두 번은 괜찮지만 우선 돈을 쉽게 벌고 보자는 욕심으로 시도 때도 없이 찾아가 난처하게 하는 것은 친분을 깨뜨리고 자신을 불청객으로 만드는 위험한 행동이다.

친하게 지내는 사람에게는 들어 주기 곤란한 부탁을 하는 것이 아니다. 오히려 곤란한 부탁은 미리미리 피해 그를 난처하게 만들지 말아야 한다.

부탁하면 거절하지 못할 것이라는 약점을 교묘히 이용하여 부탁하는 것은 부탁이 아니라 강요하는 것이 된다.

친한 사이일수록 더욱 조심스럽게 대해야 한다. 진하시 않은 사이에서는 무례도 지나칠 수 있고 경솔함도 지나칠 수 있지만 친한 사이에서는 그것이 용납되지 않는다. 그러한 행위는 곧바로 친분 사이에 영향을 끼치고, 그것이 자꾸 되풀이되면 불편한 관계로 돌아서고 만다.

어떤 이들은 지나치게 많이 갖고 있으면서도

여전히 갈망한다.

나는 적게 가지고 있지만, 더 많이 구하지 않는다.

그들은 비록 많이 가지고 있으나 가난하며,

나는 적은 것을 가지고도 부유하다.

그들은 가난하고 나는 부유하며,

그들은 구걸하고 나는 준다.

그들은 부족하며 나는 충족하다.

그들은 애태우지만 나는 즐겁다.

<E. 다이어>

제2장

향기로운 삶을 위한
행복 노트

행복하지 않거든 발밑에 있는 그림자를 보게나.
그림자가 움직이고 있을 것이네.
그것은 그대가 살아 있다는 증거이고
행복을 마음껏 누리고 있다는 증거라네.
세상에 파란 하늘을 볼 수 있다는 것보다
더 행복하고
아름다운 일은 없다네.

어설픈 인연을
만들지 않는다

✽✽✽

헤어질 때는 앙금을 남기지 마라.
친구든 적이든 파행적인 인간관계는 맺지 말아야 한다. <그라시안>

인연 중에 한두 명은 부담 없이 만날 수 있는 인연으로 남겨 놓아야 한다. 그저 부담 없이 만나서 차 한잔 마시기 편한 인연이면 변하지 말고 그대로 만나야 한다. 언제든 만나고 싶을 때 만나서 차 한잔 나눌 수 있는 인연이 있다는 것은 삶의 즐거움 중에 최상의 즐거움이다.

한 여성이 횡단보도를 건너다 뺑소니차에 치여 도로에 쓰러져 있었다. 때마침 그곳을 지나던 한 청년이 그것을 발견하고는 병원으로 급히 옮겨 치료받게 했다.

청년의 도움으로 그녀는 제때에 치료를 받아 하마터면 잃을 뻔했던 목숨을 건질 수 있었고, 몇 달간의 병원 신세를 지고 나서 온전한 자유인으로 돌아올 수 있었다.

그녀는 청년을 생명의 은인으로 대했다. 입원하고 있는 동안에도 가끔씩 찾아와 위로해 주던 청년이 너무 고마워서 퇴원 후에도 가끔씩 만나 고마운 마음을 전하곤 했다.

이렇게 시작된 이들의 인연은 가끔씩 만나 차를 마시며 진솔한 이야기를 나누는 부담 없는 관계로 발전했다. 그녀에게는 오래전부터 사귀어 오던 연인이 있었지만, 생명의 은인으로만 대하겠다고 애인과 약속하고 그 청년을 가벼운 마음으로 만났다.

하지만 만남이 잦아지면서 이런 관계는 서서히 변하기 시작했다.

그녀는 청년을 순수한 '남자친구'로 대했지만, 청년은 그 이상으로 생각하고 있었다. 그녀를 자신의 이상형으로 여긴 청년은 은연중 자기 사람으로 만들겠다는 속셈을 가지게 된 것이다.

차츰 이성의 눈으로 다가오는 것을 눈치챈 그녀가 자신에게는 오랫동안 사귀어 온 사람이 있어서 이성의 감정으로는 대할 수 없다고 솔직히 고백했지만, 청년은 아랑곳하지 않았다.

그녀는 순수한 감정으로 어떻게든 좋은 남자친구 관계를 지키고 싶어서 청년을 설득해보았지만 소용없었다. 오히려 그녀가 벗어나려 하면 할수록 그 청년은 노골적으로 접근해 왔다.

좋았던 인연이 이렇게 엉뚱하게 빗나가자 그녀는 청년을 더 이상 만나지 않기로 했다. 생명의 은인으로, 좋은 남자친구로 평생 교류하며 살겠다던 그녀의 순수한 다짐은 억지로 자기 사람을 만들어보려는 청년의 이기심으로 인해 상처받고 허물어졌다.

만나는 사람마다 내 사람으로 만들려고 애쓰지 말아야 한다. 그저 부담 없이 만나서 차 한잔, 술 한잔 마시기 편한 인연이면 그냥 그대로 만족할 줄 알아야 한다.

인생을 맛있게 살아가기 위해서는 깊은 인연도 필요하지만 가벼운 인연도 필요하다. 맨살을 맞대며 사랑을 나누는 인연도 필요하지만 떨어져서 존경하고 감사하는 인연도 필요하고, 가까이 살면서 자주 찾아주는 인연도 필요하지만 멀리 떨어져 살면서 가끔씩 찾아주는 인연도 필요하다.

때와 장소를 가리지 않고 가볍게 만날 수 있는 인연이 있다는 것은 인생의 큰 즐거움이다. 만나야 할 이유도 없지만 만나면 반갑고, 서로에게 부담도 주지 않으면서 서로를 존경하고 아껴주는 인연이라면 많으면 많을수록 좋다. 거기에다 뒤끝까지 깔끔한 인연이라면 평생을 두고 상대해도 손해 볼 일이 없다.

고통을 겪음으로써
행복의 소중함을 깨닫는다

✿ ✿ ✿

행복의 문이 하나 닫히면 다른 문이 열린다.
그러나 우리는 종종 닫힌 문을 멍하니 바라보다가 우리를 향해 열린 문을
보지 못하게 된다. <헬렌켈러>

가끔씩 어려웠던 시절을 떠올리며 살아야 한다. 단칸방에서 온 식구가 부대끼며 살았던 일, 코피 쏟아가며 공부했던 일, 병마와 싸웠던 일 등등 어려웠던 시절을 돌이켜 봄으로써 그때보다 훨씬 나아진 지금의 삶이 얼마나 고맙고 행복한가를 느낄 수 있게 된다.

셋방살이에서부터 출발해서 이제는 번듯한 아파트를 하나 장만한 중년 여성이 있었다. 처음 입주했을 때는 너무 좋아서 하루는 안방에서 자고, 하루는 거실에서 자고, 또 하루는 작은 방에서 자면서 그동안 못 느낀 행복을 만끽했다.

그런데 그런 행복도 잠시, 얼마 되지 않아 행복은 시들해져 갔다. 내 집만 장만하고 나면 세상 부러울 것 없이 행복하기만 할 것 같았는데, 막상 집을 장만하고 나니 그런 기분은 잠시뿐이고 시간이

흐르면서 따분해지기 시작했다. 남편 출근시키고 애들 학교에 보내
놓고 나면 왠지 모르게 무료함과 허전함이 몰려왔다. 특별한 행복
없이 매일매일 되풀이되는 일상에 지친 그녀는 지갑 하나만 달랑
들고 무작정 집을 나섰다. 어디를 가겠다고 정하고 나온 것이 아니
었기에 발길 가는 대로 그냥 걸었다. 이 생각 저 생각을 하며 한참
을 걸었는데 자신도 모르게 발길은 셋방살이했던 옛집 앞에 다다르
고 있었다. 셋방살이하던 시절 그렇게도 벗어나고 싶어 했던 그 집
은 벽돌 하나도 변하지 않고 그대로 있었다.

대문 앞에 서서 그 집을 바라보자 고생하며 살았던 옛일들이 하
나둘 떠올랐다. 비좁은 방에서 온 식구가 부대끼며 잠을 잤던 일,
연탄가스를 맡아 식구가 떼죽음을 당할 뻔했던 일, 맞벌이하느라
아이들을 방 안에 가둬 놓았던 일, 추위에 떨며 손빨래했던 일 등등
이 어제의 일처럼 생생하게 떠올랐다.

옛 생각에 잠겨 멍하니 그 집을 물끄러미 바라보고 있던 그녀는
문득 지난날의 자기 모습을 떠올리며, 지금 자신이 행복 투정을 부
리고 있다는 것을 깨달았다. '그때를 생각하면 나는 지금 얼마나 행
복한가. 뜨거운 물 펑펑 나오는 집에서 호강하며 살고 있는데, 나는
웬 투정이란 말인가!'

힘든 고비 다 넘기고 이젠 살만해졌다고 해서 과거를 까맣게 잊고 살
아서는 안 된다. 어렵고 힘들었던 과거는 두고두고 행복의 밑거름이

되는 것으로, 늘어진 삶을 추스르는 데도, 불만스런 삶을 다독거리는 데도 요긴한 역할을 한다.

　행복은 행복한 상황이 지속될 때보다도 고통스러운 상황에서 안락한 상황으로 넘어가는 과정에서 가장 많이 느낀다. 꽁보리밥을 먹다가 쌀밥을 먹을 때 행복을 느끼고, 셋방살이하다가 내 집을 장만했을 때 행복을 느낀다.

　그러나 계속해서 쌀밥을 먹거나 계속해서 내 집에서 살게 되면 행복감은 점점 줄어 나중에는 전혀 느낄 수 없게 된다. 행복하지 않아서가 아니라 행복한 상황이 지속됨으로써 그것을 체감하지 못하는 것이다. 이때 잊고 있던 행복을 되찾아 주는 것이 어려웠던 시절의 기억이다. 꽁보리밥 먹던 시절을 상기시킴으로써 쌀밥 먹고 사는 행복을 새삼 깨닫게 되고, 셋방살이했던 시절을 상기시킴으로써 내 집에서 사는 행복을 새삼 깨닫게 되는 것이다.

일에서 기쁨을 맛보라
그 안에 행복이 있다

✝✝✝

평범한 일을 매일 평범한 마음으로 실행할 수 있는 것이
비범한 것이다. <앙드레 지드>

먹고살 걱정 덜었다고 일을 아주 놓아서는 안 된다. '그동안 고생하며 살았으니 이제는 편하게 살아야지' 하고 갑자기 일을 놓는 것이 행복을 줄이는 결정적 이유가 된다. 일은 행복의 70%를 담고 있는 행복의 샘으로써 일을 하지 않으면 그것을 고스란히 잃기 때문이다.

내가 단골로 찾아가는 동네 이발소가 한 군데 있는데, 정겨운 그 이발소의 주인은 연세가 많으신 할아버지다. 내가 처음에 그 이발소를 찾아갔을 때 할아버지가 이발사로 계신 것을 보고 좀 안됐다는 마음이 들었다. '어찌하시다 지금껏 이발 가위를 놓지 못하고 계실까?' 하는 생각이 들었기 때문이다. 그러나 나의 그러한 마음은 두 번째 그 이발소를 찾아가 머리를 자르고부터 공연한 것이었음을 알 수 있었다. 할아버지께서 그 연세가 되도록 이발 가위를 잡고 계

시는 이유를 말씀해 주셨기 때문이다.

"나는 서른 살 때 먹고살기 위해서 이발 기술을 배웠지. 이발소 간판을 걸던 날 나는 자신과 약속했지. 마흔 살까지만 해서 돈을 번 다음에 다른 직업을 가지겠노라고 하지만 커 가는 아이들 때문에 나는 마흔이 되어서도 이발 가위를 놓지 못했지. 나는 다시 오십이 되면 이발 가위를 놓겠노라고 했지만, 자식들 공부시키고 시집 장가보내다 보니 그도 지킬 수가 없었네. 놓아야지 하면서도 먹고 살기 바빠 놓지 못했던 이발 기위를 신다섯 살이 되어서야 놓을 수가 있었네. 큰아들이 돈을 잘 벌어서 내가 돈을 벌지 않아도 된 덕분이었지. 지겨운 이발 가위를 놓고 이발소를 떠나던 날 난 날아가는 기분이었네. 어깨에 짊어지고 있던 무거운 짐을 벗어 놓은 것같이 몸도 마음도 홀가분했지. 이발 가위를 놓으니 시간이 많아져 나는 그간 만나지 못했던 친구도 만나고, 명절 때나 얼굴 볼 수 있었던 친척들도 찾아다니고, 또 관광도 다니면서 아주 즐겁게 보냈지. 그런데 그러한 즐거움은 몇 년 넘기지 못하고 시들해졌네. 시간이 흐를수록 즐거움은 사라지고 대신 무료함이 찾아들기 시작한 거지. 하는 일 없이 매일매일 빈둥거리다 보니 하루가 삼 년같이 느껴져 견딜 수가 없었네. 그래서 견디다 못해 나는 다시 이발 가위를 잡았네. 자식과 며느리의 반대가 심했지만 나는 내 자신을 위해서 일을 선택했네. 젊었을 때는 죽도록 싫게만 느껴졌던 일이 다시 이발 가위를 잡고부터는 그렇게 흥이 날 수가 없네. 그리고 그러한 기분은 나이가 들어가면서 더욱더 간절하게 느껴지네. 사람들은 날더러 궁상을 떤다고 쑥덕댈지 몰라도 이 일이 나에게는 가장 좋은 취미 거리라네. 이발해주면서 손님들과 세상 사는 이야기도 나누고, 용돈도 맘대로 벌어 쓸 수 있으니 나에게는 이보다 더 좋은 즐거움이 없지. 남들이 어떻게 생각하든 나는 이발 가위를 놓지 않을 것이라네."

항상 일을 찾아 일을 만들고 즐기는 마음으로 일해야 한다. 일을 사랑하고 일 속에서 사는 사람은 보람을 느끼고 성공을 이루며 행복해진다. 힘들게 일해 과업을 완성시켰을 때 넘쳐흐르는 성취감과 보람은 그 무엇과도 바꿀 수 없는 아주 값진 것이다.

일이 있어야 행복이 있다. 일은 그 자체로 행복을 내포하고 있거나 다른 행복을 강화시켜 주는 매개체로서 일을 해야 행복이 느껴진다. 쉬어도 일을 하고 나서 쉬어야 더 달콤하고, 잠을 자도 일을 하고 나서 자야 숙면할 수 있고, 취미 생활을 해도 일을 하고 나서 해야 더 즐거워진다.

일이 없으면 행복도 없다. 아무 걱정거리가 없고 몸뚱이가 편해도 일이 없으면 행복감은 뚝 떨어진다. 규칙적으로 일을 하며 사는 사람보다 하릴없이 빈둥거리는 사람이 더 지루해하고, 직장에 다니는 남편들보다 집에만 갇혀 지내는 아내들이 더 불만스러워하는 것은 이 때문이다.

행복과 불행은
함께 존재한다

✦✦✦

천석꾼은 천 가지 근심을 안고 살고
만석꾼은 만 가지 근심을 안고 산다. <한국 속담>

세상에는 행복만 있는 곳도 없고 고통만 있는 곳도 없다. 행복이 있는 곳에는 예외 없이 고통도 있고, 고통이 있는 곳에는 예외 없이 행복도 있다. 평안과 고통, 행복과 불행이 뒤섞여 때로는 편안하고 때로는 고통스럽고, 때로는 행복하고 때로는 불행한 것이 모두의 공통된 삶이다.

엄동설한에 아파트 베란다에서 살고 있는 파리 한 마리가 있었다. 다른 파리들은 마땅한 살 곳을 찾지 못해서 얼어 죽거나 이 집 저 집 옮겨 다니며 근근이 살아가고 있었지만, 이 파리는 운 좋게도 주인을 잘 만나 따뜻한 곳에서 아무 걱정 없이 살고 있었다.

하지만 파리는 자신의 처지를 행복하게 생각하지 않았다. 하루 종일 베란다에 갇혀 지내는 자신이 창밖에서 살고 있는 파리들보다 불행하다고 불평하면서 어떻게든 이곳을 벗어나야 한다고 기회만 엿봤다.

1월의 어느 날, 창밖의 세상을 동경하며 햇볕을 쬐고 있던 파리는 이제 떠나야겠다고 결심을 굳혔다. 밖은 여전히 꽁꽁 얼어붙는 영하의 날씨였지만 그것을 모르는 파리는 밖으로 나가기만 하면 여기보다 훨씬 더 자유롭고 행복할 것이라고 생각했다. 결심을 굳힌 파리가 주인에게 창문 좀 열어 달라고 부탁했다. 파리의 엉뚱한 요구에 주인이 깜짝 놀라 물었다.

"추운데 뭐하러 창문을 여니?"

"갇혀 있으니 답답해서 나가 살려고요."

"너 정신 나갔니? 얼어 죽으려고 작정을 했구나."

"밖에도 따뜻한데 왜 얼어 죽어요?"

"정신 차려 이놈아. 따뜻한 베란다에서 살고 있으니까 밖에도 따뜻한 걸로 착각하는데, 지금은 온 세상이 꽁꽁 얼어붙는 엄동설한이야."

"거짓말 마세요. 햇살이 이리도 따사로운데요."

"여기는 베란다니까 그렇지."

"얼어 죽든 말든 그것은 제 사정이니까 일단 창문 좀 열어 주세요."

"너 이번에 나가면 다시는 못 들어온다."

"제가 정신 나갔어요. 이 답답한 곳을 다시 들어오게요."

주인은 호강스런 자신의 처지를 깨닫지 못하고 깝죽대는 파리의 소행이 괘씸해서 한번 매운맛 좀 보라며 창문을 활짝 열어 주었다.

창문을 열자마자 파리는 그동안 고마웠다는 인사 한마디 없이 잽싸게 밖으로 날아갔다. 파리는 기분 좋게 아파트를 벗어났지만 얼마 가지 못하고 담벼락에 내려앉고 말았다. 너무 추워 날갯짓조차 할 수 없었기 때문이었다.

파리는 행복을 느끼기는 고사하고 당장 얼어 죽지 않기 위해서 따뜻한 곳부터 찾아야 했다. 겨우 날갯짓을 하여 지신이 있을 만한 곳을 기웃거려 보았지만 마땅한 곳이 없었다. 아무리 둘러봐도 자신이 살았던 아파트 베란다보다 더 따뜻하고 아늑한 곳은 없었다.

밖으로 나와 보고서야 자기 눈에 비쳤던 창밖의 세상이 환상이었다는 것을 알게 된 파리는 자신이 살았던 아파트 창문으로 돌아와 주인에게 염치없는 사정을 하기 시작했다.

"주인님, 죄송하지만 창문 좀 열어 주세요."

덜덜 떨고 있는 파리를 바라보며 주인이 빈정거렸다.

"밖이 더 따뜻하고 좋을 텐데 뭐하러 이 답답한 곳을 들어오려고 그러십니까? 여기보다 더 좋은 데로 가서 행복하게 사세요, 파리님."

그러자 파리는 두 손을 싹싹 빌며 애원하기 시작했다.

"아무리 찾아봐도 여기보다 따뜻한 곳이 없어요. 다시는 투정 부리지 않을 테니 제발 문 좀 열어 주세요. 몸이 다 얼어붙었어요."

하지만 주인은 파리를 외면했다. 아까 소행이 괘씸해서 일부러 창문을 열어 주지 않았다.

창문에 붙어 30분이 넘도록 애원하자 주인은 못 이기는 척 창문을 열어 주었다. 동사 직전에 아파트로 들어온 파리는 주인 앞에 꿇어앉았다.

"주인님, 면목 없습니다."

"그래, 창밖의 세상이 어떻더냐?"

"한마디로 환상이었습니다. 이곳보다 더 따뜻하고 행복한 곳은 없는데 제가 그걸 몰랐습니다. 앞으로는 절대 불평하지 않고 감사히 살아가겠습니다."

이제야 제 처지를 제대로 깨달았다고 판단한 주인은 파리에게 꿀밤을 한 대 주며 말했다.

"그걸 이제야 알았니?"

우리가 꿈꾸는 창밖의 세상(나보다 나은 삶에 대한 동경)은 이렇듯 환상이다. 겉으로 보기에는 나보다 더 많이 가지고 더 많이 배우고 더 많이 행복할 것 같지만 막상 들어가 보면 생각했던 것만큼 그들은 행복하지 않다. 겉으로 비쳐진 것과는 달리 그들에게도 분명 고통이 있고 불행이 있다.

창밖의 세상이(타인들의 삶) 더 따뜻해 보이고 행복해 보이는 것은 담 너머로 그들을 바라보기 때문이다.

유리창을 통해 밖을 바라보면 세상이 온통 따뜻해 보이듯이 담 너머로 남의 집을 들여다보면 그들이 나보다 더 잘살고 더 행복하게 보이고, 그래서 공연히 그들을 동경하게 되는 것이다. 착각과 같은 동경을.

남의 인생 동경할 것 없다. 인생의 어느 한 부분만을 놓고 보면 모두가 다른 삶을 살아가는 것 같지만 인생 전체를 놓고 보면 모두가 비슷비슷한 삶을 살아간다.

세세히 들여다보면 세상 사람 모두는 내가 겪는 것과 같은 고통을 예외 없이 겪으며 살아간다. 그 고통이 어느 시점에서 찾아오느냐가 다를 뿐, 한평생을 사는 동안 고통을 모르고 사는 사람은 아무도 없다.

내 안에 있는 행복을
끌어안아라

✦✦✦

진정으로 행복을 소중히 여긴다면 그 보배는 마음속에 있으니 떠돌아다니는 자는
바보다. 이 세상이 줄 것은 아무것도 없으니 행복은
우리 자신에게서 정든 오두막인 우리 가정에서 찾아야 한다. <N. 코튼>

밖에서 행복을 구하려 하지 말고 하루에 한 번 '나는 행복합니다'
해서 내 안에 있는 행복을 끌어안아라. 그것이 더 쉽게 더 많이 행
복을 얻는 비결이다. 무심코 지나쳤던 일상도 의미를 부여하고 감
사하게 받아들이면 행복이 툭툭 튀어나온다.

결혼한 지 15년 정도 된 전업주부가 있었다. 결혼 후 남편과 두
아이의 뒷바라지에만 매달려 온 그녀는 삶에 싫증이 날 대로 나 있
었다.

날마다 밥하랴 빨래하랴 청소하랴 표시도 나지 않고 계속되는 집
안일은 그녀의 그러한 마음을 더욱더 부추겨서 남편과 아이들까지
귀찮아하는 지경에까지 이르게 했다.

이러한 상태는 날이 갈수록 심각해져 혼자 살았으면 좋겠다는 생

각이 들기 시작했다. 혼자 살면 지겨운 밥도 빨래도 청소도 하지 않고 자유를 마음껏 누릴 수 있을 것이라는 생각이 그녀의 마음을 지배했다.

자유에 대한 욕구가 강렬해지면서 당연히 집안일도 소홀하게 되었고 남편과 부딪치는 횟수도 늘어갔다. 부부싸움이 잦아지면서 집안 분위기는 험악해질 대로 험악해져 사랑과 웃음이 완전히 사라져 버리고 말았다.

부부간의 이견과 온갖 갈등에 시신 나머지 그녀는 급기야 남편에게 별거하자는 제안을 했고 남편 역시 주저하지 않고 이 제안을 받아들여 일단 별거하기로 일단락되었다. 그녀는 아이들을 남편에게 맡겨 놓은 채 집을 나와 혼자 살았다.

별거 후 그녀는 매우 행복한 나날을 보냈다. 그녀의 바람대로 남편과 아이들에게 매달리지 않아도 되고 지겨운 집안일도 의무적으로 할 필요가 없어 너무너무 편안했다. 놀고 싶으면 놀고, 먹고 싶으면 먹고, 자고 싶으면 자고, 외출하고 싶으면 외출하면서 그녀는 누구의 간섭도 없는 완전한 자유를 만끽했다. 세상의 모든 자유를 다 얻은 기분이었다.

하지만 그런 행복은 시간이 흐르면서 외로움과 고통으로 바뀌어 갔다. 친구를 만나 수다를 떨어도 흥이 나지 않았고, 압구정 거리를 활보하며 자유를 만끽해도 어딘가 모르게 찾아드는 허전함을 메울 수가 없었다. 잠자리에 들어도 아침에 눈을 떠도 누구 하나 봐주지 않는 텅 빈 방 안에서 그녀는 행복 대신 지독한 외로움에 시달려야 했다.

그런데 이상한 것은 그녀가 그토록 귀찮아하고 짜증스러워했던 집안일이 다시 하고 싶어지는 것이었다. 남편을 위해서 옷도 챙겨 주고 싶고, 아이들을 위해 도시락도 챙겨 주고 싶어졌다. 또 남편으로부터 '여보' 하는 소리와 아이들로부터 '엄마' 하는 소리가 간절히 듣고 싶어졌다.

그녀는 지금의 자신보다 한 남자의 아내이자 두 아이의 엄마로 살았던 때의 자신이 훨씬 더 행복했었다는 사실을 가슴이 시리도록 깨닫고, 별거를 한 지 두 달도 못 되어서 남편과 아이들 곁으로 돌아갔다.

우리는 너무 많은 행복을 행복 불감증에 걸려서 잃어버린다. 말 못 할 사정으로 인해 가정을 꾸리지 못하는 사람들에 비하면 단란한 가정이 있다는 것만으로 행복하고, 아이를 갖고 싶어도 갖지 못하는 사람들에 비하면 아이들이 있다는 사실만으로도 마냥 행복한 데도 그것을 느끼지 못하고 산다.

행복을 행복으로 느끼지 못하는, 소위 행복 불감증은 의외로 심각하다. 전체 행복의 절반이 넘는 행복을 불감증으로 잃어버린다. 일상생활 속에 숨어 있는 작은 행복들은 말할 것도 없거니와 가끔씩 찾아오는 큰 행복조차도 그 불감증 때문에 무심코 지나쳐 버리게 된다.

행복이 부족한 것은 이 때문이다. 사는 것이 짜증 나고 하루하루가 지겹게 느껴지는 것은 불감증으로 일상의 행복들을 너무 많이 놓치기 때문이다.

행복한 삶을 살기 위해서는 이 불감증부터 치유해야 한다. 그리하여 일상 속에 숨어 있는 소중한 행복들을 놓치지 말고 찾아서 누려야 한다.

불감증으로 버려지는 행복의 절반만이라도 찾아서 누린다면 행복이 부족함으로써 오는 갖가지 부작용(짜증, 무력감, 우울증 등)은 거뜬히 극복된다.

건강은 풍요로움이고
조화로움이며 행복이다

❀❀❀

재산을 잃는 것은 적은 것을 잃는 것이요, 명예를 잃는 것은
많은 것을 잃는 것이요,
건강을 잃는 것은 모든 것을 잃는 것이다. <미상>

세상은 나를 보낸 슬픔을 표시하지 않는다. 내가 죽어도 세상은 변
하는 것이 없다. 개나리 진달래도 그대로 피고, 미니스커트와 청바
지도 오랜 지기처럼 정겹게 거리를 누빈다. 내 죽음을 애도했던 사
람들의 식탁마저도 며칠 후에는 진수성찬이 차려진다.

독신 남성이 있었다. 그는 50을 갓 넘겼지만, 건강이 좋지 못해
병원으로부터 시한부 삶을 선고받아 놓고 있었다. 처음에는 살기
위해서 발버둥 쳐 봤지만 그래 봐야 이미 늦었다는 것을 깨달은 그
는 자기 삶을 하나하나 정리해 나가기 시작했다.

장례를 치러 줄 후견인도, 유산을 물려줄 상속인도 없었던 그는
먼저 저금통장에 있던 돈과 자신이 살고 있는 집은 자선 단체에 희
사했다. 그리고 그가 아끼던 물건이며 세간은 친척과 친구, 가깝게

지냈던 이웃들에게 나누어주었다.

집 안을 가득 채우고 있던 물건들은 그렇게 정리되고, 그에게 이제 남은 것은 당장 필요한 옷 몇 가지와 이부자리, 식기 몇 개 그리고 테니스 라켓뿐이었다. 먼지 묻은 테니스 라켓을 끝까지 남겨 놓고 있었던 것은 그가 가장 소중히 여기는 옆집 친구에게 주기 위해서였다.

의지할 곳 없었던 그에게 옆집 친구는 많은 의지가 되었다. 기쁠 때나 슬플 때나 늘 그의 곁을 지키며 그의 외로운 처지를 진심으로 이해해 준 참으로 고마운 친구였다. 그는 옆집 친구를 조용히 불러 먼지가 뿌옇게 앉은 테니스 라켓을 건네며 말했다.

"그동안 고마웠네. 자네가 있어서 나는 외롭지 않게 살 수 있었네. 이것은 내가 자네에게 주는 마지막 선물이니 받아 주게나."

친구는 테니스 라켓을 보고 매우 불쾌한 표정을 지었다. 친구가 퉁명스럽게 말했다.

"자네가 나를 생각한 것이 고작 이거였는가? 다른 사람들에게는 후하게 굴면서 막연한 사이인 나에게는 이렇게 인색할 수가 있는가? 테니스 칠 일 없으니 사양하겠네."

상심하는 친구에게 그가 말했다.

"여보게 친구, 내게 남은 가장 소중한 것은 이것이고, 나는 자네가 소중히 여겨지기에 이것을 주는 것이네. 내가 만약 자네를 소중히 여기지 않았다면 돈이 많이 든 저금통장을 주었을 것이네. 그래도 내 마음을 모르겠나?"

친구는 이해가 안 되는 듯 고개를 저었다. 그가 다시 말을 이어갔다.

"나는 지금까지 살아 있는 사람들에게 모두 주고 떠나야 할 것(돈과 물질)들에 집착하느라 먼지가 뿌옇게 앉도록 테니스 한 번 치지 못했네. 내가 이 라켓의 줄이 닳아 없어졌을 정도만 운동을 했어도 내 생명이 이처럼 빨리 마감되지는 않을 것이네."

"……?!"

"여보게 친구, 건강이 최고라네. 건강을 잃으니까 내가 가진 모든 것을 빼앗기지 않았는가. 이 라켓으로 열심히 테니스를 치게나. 그러면 나 같은 꼴은 되지 않을 것이네."

삶의 기초는 건강에 두어야 한다. 사람에게 있어 건강은 나무의 뿌리와 같은 절체절명의 에너지원으로, 건강한 몸으로부터 건강한 에너지를 전달받아야 삶이 유지될 수 있다. 뿌리에 문제가 생겨 영양분을 전달받지 못하면 줄기와 잎이 말라서 죽듯이, 건강에 문제가 생겨 에너지를 전달받지 못하면 삶은 얼마 버티지 못하고 멈춰 버린다.

건강 없는 삶은 사상누각과 다름없다. 아무리 호화찬란하게 지었어도 그것이 모래 위에 있다면 아무 쓸모가 없듯이, 아무리 재산을 많이 모았어도, 아무리 명성을 높이 쌓았어도, 아무리 권력을 크게 쥐었어도 그것이 질병 위에 있다면 하루아침에 날아가 버리고 만다.

피터 맥윌리엄스는 이렇게 말했다.

"고통이란 감정적 고통이든, 신체적 고통이든, 정신적 고통이든 메시지를 전한다. 고통이 우리 인생에 대해 주는 정보는 대단히 구체적인 경우도 있지만 보통 '이걸 더 한다면 더 오래 살 것', 아니면 '이걸 덜 하면 인생이 더 사랑스러울 것' 중 하나다. 일단 고통이 전하는 메시지를 받아 그 가르침을 따르면 고통은 사라진다."

세상 모든 것은 건강이 시켜 준다. 돈도, 집도, 땅덩어리도 건강이 지켜 주고, 대통령 자리도, 장관 자리도, 회장 자리도 건강이 지켜 주며, 사랑도, 우정도, 행복도 건강이 지켜 준다. 건강은 우리 인생의 가장 확실한 '재산 지킴이'이고, '자리 지킴이'이며, '행복 지킴이'인 것이다.

행복이 있는 곳에는
조건이 없다

명백한 행복의 조건은 없다. 이러이러한 조건을 갖추어야만 행복해
질 수 있다는 법칙은 존재하지 않는다. 낮은 곳이면 어디든 마다하
지 않고 흘러가는 물처럼 행복은 호화로운 저택에도 들어가지만 쓰
러져 가는 판잣집에도 마다하지 않고 들어간다.

한 부잣집에 외동딸이 있었다. 그 집에서는 딸을 금이야 옥이야
귀하게 키웠다.

딸이 이성에 눈뜰 무렵, 엄마는 딸을 미리 단속했다.

"너, 남자친구 사귀면 절대 안 돼. 나중에 인물 좋고 학벌 좋고
집안 좋은 돈 많은 사람하고 결혼시켜 줄 테니까 너는 딴생각 말고
공부만 열심히 해, 알았지?"

딸이 대학을 졸업하자 그 집에서는 좋은 집안에 좋은 학벌에 좋

은 직업을 가진 남자에게 시집보내야겠다고 마음먹고 혼처를 구하기 시작했다. 그런 남자에게 시집을 가야 고생하지 않고 행복하게 살 수 있다는 것이었다.

그러나 딸에게는 부모 몰래 사귀고 있는 남자가 있었다. 대학 시절 동아리에서 만난 선배였는데 부모가 바라는 그런 남자는 아니었다. 가난한 시장 상인의 아들로 태어나 대학 졸업하고 직장에 다니고 있는 평범한 남자였다.

날이 갈수록 딸의 남편감 찾기는 노골화되었다. 어기저기서 선도 들어오기 시작했다. 가만히 있다가는 원치 않는 사람에게 시집을 가게 될지도 모른다는 위기감을 느낀 딸은 부모에게 자신이 사귀고 있는 남자에 대해서 솔직히 고백했다. 그리고 자신은 그 남자와 반드시 결혼하겠다고 선언하였다.

뒤늦게서야 딸에게 애인이 있다는 것을 알게 된 부모는 딸이 사귀고 있는 남자를 한 번 만나보지도 않은 채 반대하기 시작했다. '귀하게 키운 내 딸을 가난한 집안에 시집보내서 고생시킬 수는 없다'면서 결사적으로 반대하였다.

그러나 딸의 마음을 돌려놓지는 못했다. 부모의 끈질긴 반대에도 불구하고 딸은 사귀던 남자와 결혼하였다.

그녀가 결혼해서 들어간 곳은 오래된 조그마한 아파트였다. 친정 집과는 비교도 안 될 만큼 불편하고 어설펐지만 그래도 그녀는 남편의 지극한 사랑에 행복했다. 내 집 마련을 위해 맞벌이까지 해야 했지만, 친정집에서 호의호식할 때보다도 더 행복했다.

이처럼 딸은 행복하게 살았지만, 친정 부모는 딸을 시집보내 놓고 깊은 시름에 잠겼다. 하나뿐인 딸을 가난한 집에 시집보내서 불행하게 만들었다고 자책하며 살았다.

얼마 후, 친정 부모는 딸이 어떻게 살고 있는지 궁금하여 딸의 집에 가보았다. 작은 방에 몇 가지 세간들이 놓여 있는 것을 본 친정 부모는 끝내 눈시울을 적셨다.

친정아버지가 딸을 애처롭게 바라보며 말했다.

"내가 뭐랬니? 왜 이런 고생을 사서 하고 있니?"

그러자 딸이 친정아버지의 손을 꼭 잡으며 말했다.

"아버지, 저 지금 너무너무 행복해요. 친정집에서보다 더 많이 행복을 느끼면서 살고 있어요."

행복에는 커트라인이 없다. 어떠한 수준에 도달하면 행복하고 그렇지 않으면 불행하다는 커트라인이 정해져 있지 않다. 행복은 누구나 아무 때나 느낄 수 있는 것이고, 그것을 느끼는 횟수에도 제한이 가해지지 않는다. 그럼에도 불구하고 행복을 느끼지 못하는 것은 스스로가 행복의 커트라인을 정해 놓고 살아가고 있기 때문이다.

불행에 젖어 사는 사람들은 명백한 행복의 커트라인을 정해 놓고 있다. 돈을 많이 벌어야만, 부자와 결혼해야만, 멋진 차를 사야만, 일류 대학에 진학해야만 등등 명백하고도 치밀한 커트라인을 정해 놓고는 그것에 도달하면 행복하고, 그렇지 않으면 불행하다고 스스로가 인정해 버린다. 그러니 어떻게 행복이 찾아들 수 있겠는가!

진정으로 행복을 느끼고 싶다면 그 어떤 커트라인도 정해 놓지 말아야 한다. 이미 정해져 있다면 철회시켜야 한다. 커트라인을 정해 놓는 것은 행복을 불러들이는 것이 아니라 행복을 내쫓는 것이 된다. 커트라인이 정해지는 순간 그 수준에 도달하지 못하는 행복은 느껴 보기도 전에 달아나 버리고 만다.

하루에 한 번은
가족과 함께하라

✱✱✱

식탁에서의 즐거움은 행복의 씨앗이 되어 집 안 구석구석에
뿌려진다. <R. 헤리크>

가정을 화목하게 만들고 싶으면 식탁에서부터 시작하라. 하루에 한
번 온 가족이 모이게 하고, 식탁에서 음식뿐 아니라 사랑과 정도 나
누어라. 음식을 나눠서 몸뚱이 배를 불려주고, 사랑과 정을 나눠서
마음의 배를 불려주면 가족의 화합과 가정의 화목은 저절로 이루어
진다.

　토요일 오후, 한 중년 남자가 오랜만에 짬을 내어 친구 집을 방문
했다. 친구는 물론 부인과 딸이 밝은 표정으로 맞았다.
　"자네 집에 오면 언제나 기분이 좋아. 식구들 표정이 늘 밝아서
말이야. 그 비결이 뭔가?"
　"비결은 무슨, 그런 거 없네."
　"아니야, 분명히 있을 거야. 나는 아무리 노력해도 안 되거든."

"비결이 생기면 그때 가서 가르쳐 주겠네."

오랜만에 친구와 마주 앉아 이런저런 얘기를 나누는 사이 날이 어두워졌다. 그런데 저녁식사 시간이 가까워오자 밖에 나갔던 식구들이 약속이라도 한 듯이 하나 둘 들어왔다. 식사 시간이 되었을 때는 온 가족이 식탁에 둘러앉아 있었다.

많은 식구가 모였지만 얼굴을 찡그리거나 기분 나빠 보이는 사람은 없었다. 하루 동안 있었던 이야기를 도란도란 나누며 온 가족이 즐겁게 식사했다.

막 식사를 끝낸 친구가 화목한 가정 분위기에 감동하고 있는 그에게 말했다.

"아까 자네가 화목의 비결이 뭐냐고 물었던가? 아마도 그것은 저녁식사만큼은 온 가족이 모여서 한다는 것일 거야. 자네가 보았다시피 우리 집은 어떠한 일이 있어도 저녁식사는 온 가족이 모여서 한다네."

"……!"

"내가 철저하리만큼 저녁 식사 시간에 가족들을 모이게 하는 것은 가족이 흩어지는 것을 막기 위해서라네. 한 지붕 밑에서 살더라도 자꾸만 밖으로만 나돌게 되면 서로 소원해지게 되고 결국에는 남과 같이 된다네. 하루에 한 번만이라도 이렇게 온 가족이 얼굴을 맞대고 정을 나누어야 가족 간의 유대도 돈독해지고 가정도 화목해질 수 있다고 믿기 때문에 나는 20년이 넘도록 이 원칙을 고수하고 있네."

온 가족이 모여서 함께 식사하는 시간을 가져야 한다. 하루에 한 번이면 더욱 좋고, 이틀에 한 번, 그것도 아니면 일주일에 한 번만이라도 온 가족이 모여서 식사하는 시간을 가져야 한다.

식사 시간은 음식을 먹어서 육체의 영양을 보충하는 시간일 뿐만 아니라 사랑과 정을 나눠서 정신을 윤택하게 하는 귀중한 시간이다. 온 가족이 함께하는 식사 시간은 가족의 유대를 돈독히 하고 사랑과 행복을 느낄 수 있는 아주 복된 시간이다.

화목의 대부분은 즐거운 식사 시간에 의해서 만들어진다. 온 가족이 모여 식사를 함께하는 가운데 갈등이 있으면 자연스럽게 풀고, 밖에서의 언짢은 일로 의기소침해 있으면 서로 위로하여 풀어 주는 가운데 화기가 솟아난다.

바쁘다는 핑계로 가족이 뿔뿔이 흩어져 각자 식사를 해결해서는 안 된다. 그것은 본인에게도 나쁘고 가족에게도 나쁘다. 혼자서 식사하는 시간이 많아지게 되면 사랑과 정이 결핍되어 감정이 메마르게 되고, 가족과 얼굴 맞대는 시간이 없게 되면 가족 간의 유대가 단절되어 가정의 화목이 깨어진다.

소비 습관이
부자를 만든다

✦ ✦ ✦

검약 없이는 아무도 부자가 될 수 없으며,
또 그것을 가지면 거의 가난해지지 않는다. 〈S, 존슨〉

한 푼 두 푼 아니 모아서 부자 된 사람 없고, 한 섬 두 섬 아니 모아서 천석꾼 된 사람 없다. 부자는 뭉칫돈이 굴러들어서 되는 것이 아니라 한 푼 두 푼 피나게 모은 대가로 되는 것이고, 천석꾼은 쌀가마가 굴러들어서 되는 것이 아니라 한 섬 두 섬 알뜰히 모은 대가로 되는 것이다.

나이 50이 가까워지도록 궁을 떨면서 살아가는 사람이 있었다. 남들만큼 돈을 벌지 못하는 것도 아닌데 그 나이 먹도록 그가 그런 신세를 면하지 못했던 것은 헤픈 돈 씀씀이 때문이었다. 이 사람 저 사람에게 돈을 꾸어 주었다가 떼이기도 하고, 틈만 나면 아무나 붙들고 술을 마셔대는 헤픈 씀씀이가 그를 여태껏 집 한 칸 없는 신세로 만들어 놓은 것이었다.

어느 해, 그는 한 부잣집의 지하에 있는 방으로 세를 들어가 살게 되었다. 집주인은 마흔을 갓 넘긴 사람이었는데, 자신의 아우뻘밖에 되지 않는 사람이 이렇게 큰 부자로 살고 있는 것은 분명히 유산을 많이 물려받았기 때문이라고 생각했다.

그는 넓은 정원에 멋지게 지어진 집을 보면서 늘 집주인을 부러워했다.

"집주인은 참 좋겠다. 이런 집에 사는 사람들은 맛있는 음식도 실컷 먹고, 돈도 펑펑 쓰면서 멋있게 살 거야. 아, 나는 언제 이런 집 지어 놓고 멋있게 살아보지."

이사 간 지 한 달쯤 지났을 무렵, 집주인으로부터 수도세를 내라는 통보를 받았다. 그의 가족 몫으로 나온 수도세는 10,250원이었는데, 부잣집이니까 250원 같은 것은 당연히 받지 않을 것이라고 생각하고 만 원짜리 1장만 달랑 주었다.

그런데 주인의 반응은 전혀 달랐다.

"250원이 모자라네요?"

"250원까지 다 받아요."

"당연히 받아야지요."

그는 갑자기 기분이 나빠졌다. 자기 같으면 당연히 받지 않을 동전 몇 개를 이렇게 큰 부자가 받으려 한다는 사실이 그는 이해가 되지 않았다.

하지만 험난한 자수성가의 길을 걸어온 집주인의 입장에서는 결코 기분 나빠해야 할 일도 이해 못 할 일도 아니었다. 가진 것이라고는 맨몸뚱이밖에 없었던 그는 남들 놀 때 일하고 남들 배불리 먹을 때 허리띠를 졸라매 가며 밤낮을 가리지 않고 열심히 살아야 했다. 지금 살고 있는 집도 근검절약으로 어렵게 어렵게 장만한 것이었다.

집주인에게 이 같은 과거가 있었다는 사실은 생각지도 않고 그는 집으로 돌아와 동전을 챙기면서 주인을 비난했다.

"부자가 되게 쩨쩨하게 구네."

투덜거리는 소리를 듣고 그의 어머니가 물었다.

"뭐 때문에 그러냐?"

"수도세를 끝전 250원까지 마저 달라네요."

그러자 평소 그의 헤픈 씀씀이를 못마땅하게 생각하고 있던 어머니가 기다렸었다는 듯이 훈계를 하기 시작했다.

"너는 쩨쩨하게 굴지 않아서 나이 50이 다 되도록 이 모양 이 꼴로 사냐? 이놈아, 그런 정신을 배워. 집주인이 그렇게 해서 부자가 된 것이지 뭉칫돈 굴러들어서 부자가 된 줄 알아."

"……."

"저놈 지독하다고 손가락질을 받아야 집칸이라도 마련해서 살지 너처럼 돈을 흔전만전 써서 인심 좋다는 소리나 듣고 다녀서는 평생 집 한 칸 마련 못 해. 니가 만약 집주인처럼 검소했다면 벌써 이런 집 사고도 남았겠다. 쯧쯧쯧"

우리는 부자들에 대해서 무작정 오해하는 경향이 있다. 부자들은 돈이 많아서 펑펑 쓰며 살고, 부자가 된 것은 유산을 많이 물려받았거나 하루아침에 뭉칫돈이 굴러들었기 때문이라고 생각한다. 물론 부자들 중에는 돈을 펑펑 쓰는 사람도 있고 유산을 몽땅 물려받은 사람도 있지만, 그것은 극히 일부일 뿐 대개의 부자는 근검절약 정신으로 무장되어 있다.

부자의 삶은 넉넉하기는 해도 낭비는 없다. '부자가 더 무섭다'는 말이 있을 정도로 그들의 삶은 근검 절약으로 다져져 있다. 돈이 많다고 해서 흔전만전 써도 된다는 사고방식을 가지고 있는 부자는 졸부를 제외하고는 없다. 흔전만전 쓰고서는 절대 부자로 살 수 없다는 것을 부(富)를 쌓는 과정에서 온몸으로 터득했기 때문에 돈에 대한 태도가 결코 경솔하지 않다.

지금의 부자들은 돈을 많이 벌었다기보다 돈을 잘 모으고 잘 썼다고 해야 옳다. 맨주먹부터 시작해서 남다른 노력과 동전 하나도 헛되게 쓰지 않는 검약한 생활 태도가 부의 풍요로움을 누릴 수 있도록 만들어준 것이다. 만약 그들이 먹고 싶은 것 다 먹고, 입고 싶은 것 다 입으며 헤프게 살았다면 분명히 지금의 부 대신 가난을 선물로 받았을 것이다.

배려는
진심에서 우러나와야 한다

✦✦✦

남을 성나게 하기보다 기쁘게 하고 싶고, 욕을 얻어먹기보다 칭찬을 받고 싶고,
미움을 받기보다 사랑을 받고 싶으면 항상 상대방에 대한 배려를 잊어서는 안 된다.
그것도 아주 조금이면 된다. <필립 체스터필드>

상대를 배려하는 마음을 갖고 살아야 한다. 나보다 먼저 보내 주는
마음, 상대에게 하나 더 챙겨 주는 마음, 작은 것이라도 가운데 놓
고 나누는 마음, 상대를 진심으로 염려하는 마음이 인간관계를 원
만히 하고 끈끈하게 만든다.

결혼해서 아이를 낳고도 계속 직장에 다니는 여성이 있었다. 대
개의 직장 여성(기혼자)이 그렇듯이 그녀도 아이 키우는 일이 가장
고민이었는데, 마침 큰댁 형님이 집에서 살림만 하는 터라 아이를
출근하면서 맡겼다가 퇴근하면서 데려왔다.

어느 날 저녁, 아이를 데려오기 위해 큰댁 현관에 도착했을 때 아
이의 울음소리와 함께 아이를 꾸짖는 형님 목소리가 밖으로 새어
나오고 있었다. 아이의 울음소리를 듣는 순간 마음이 짠했지만, 아

이를 꾸짖고 있을 때 들어가면 형님이 무안해할 것 같아서 그녀는 일부러 밖으로 나왔다.

형님에게 사태를 수습할 수 있는 여유를 주기 위해 그녀는 시장으로 갔다. 시장을 한 바퀴 돌며 시간을 끈 다음 형님이 좋아하는 순대를 사 들고 직장에서 막 퇴근하는 사람처럼 현관문을 들어섰다. 그녀는 여느 때와 다름없이 아이를 반갑게 안고는 "형님, 고마워요. 내일 뵐게요" 하고 인사를 했다.

아무 일도 없었던 것처럼 밝은 모습으로 환하게 배웅해 주는 형님을 뒤로하고 집으로 돌아오는 사이 잠시 서운했던 마음은 스르르 녹아내렸다.

작은 배려 하나가 모두를 편하게 한다. 작은 배려 하나가 불편한 관계로 치달을 뻔했던 사이를 구하기도 한다. 배려는 곧 아낌이고 신뢰이고 존중이다.

배려 속에는 상대를 아끼는 마음이 담겨 있고, 상대를 믿는 마음이 담겨 있으며, 상대를 존중하는 마음이 담겨 있다. 그렇기 때문에 작은 배려라도 받으면 감동하고 자발적으로 상대를 기쁘게 해주고 싶은 마음이 싹트는 것이다.

명심보감 구절에는 '남의 흉한 일을 민망히 여기고, 남의 좋은 일은 기쁘게 여기며, 남이 위급할 때는 건져주고, 남의 위태함을 구해주라는 말이 있다.

이런 유명한 일화를 알고 있는가.

출발하려는 기차에 간디가 올라탔다. 그 순간 그의 신발 한 짝이
벗겨져 플랫폼 바닥에 떨어졌다. 기차가 이미 움직이고 있었기 때
문에 간디는 그 신발을 주울 수가 없었다. 그러자 간디는 얼른 나머
지 신발 한 짝을 벗어 그 옆에 떨어뜨렸다. 옆에 있던 승객이 간디
의 그런 행동에 놀라서 이유를 묻자 간디는 미소를 지으며 이렇게
말했다.

"어떤 가난한 사람이 바닥에 떨어진 신발 한 짝을 주었다고 상상
해 보십시오. 그에게는 그것이 아무런 쓸모가 없을 것입니다. 하지
만 이제는 나머지 한 짝마저 갖게 되지 않았습니까?" <작은 갈색
일화집>에서.

샤머니즘의 덫에
걸려들지 말라

궁합은 보지도 믿지도 말아야 한다. 외모, 학벌, 직업, 가문, 혼수 등 결혼을 방해하는 것들은 많지만 그중에서 가장 잔인한 훼방꾼은 나쁜 궁합이다. 아무리 오랫동안 사귀고, 서로 죽고 못 사는 사이라도 나쁜 궁합이 끼어들면 결혼은 물 건너가고 만다.

5년 동안 지속해 온 연애를 끝내고 결혼하기로 언약을 한 연인이 있었다. 이들은 이 사실을 양가 부모에게 알렸고, 양가로부터 좋다는 승낙과 함께 결혼 날짜까지 받아냈다. 결혼식 날이 다가오면서 양가는 결혼식 준비로 분주한 나날을 보냈다.

축제 분위기 속에서 결혼식을 준비하던 이들에게 불길한 궁합 결과가 끼어들면서 문제가 생기기 시작했다. 궁합을 꼭 믿으려고 해서 보았던 것은 아니었는데, 이들이 결혼하면 신부 몸에 큰 이상이 생긴다는 섬뜩한 궁합이 나오면서 여자 쪽 부모를 긴장시켜 놓고 말았다.

남자 쪽에서는 궁합은 미신이니 신경 쓰지 말고 예정대로 결혼식을 치르자고 했지만, 여자 쪽에서는 불길한 마음을 떨쳐 버리지 못했다. 만에 하나라도 결혼시켰다가 정말로 불행한 일이 생기면 어떡하나 하는 마음에 확답을 못 하고 망설였다.

결혼식 날짜가 점점 다가오는데도 여자 쪽에서는 결혼식을 예정대로 치를 깃인지 말 깃인지 아무런 응답이 없었다. 답답해진 남자 쪽에서는 불길한 궁합을 해소할 방안을 서둘러 제시했다. 궁합을 다섯 군데 보아서 그중에 세 군데가 좋다고 나오면 결혼식을 예정대로 치르고, 그 반대로 나오면 없었던 일로 하자는 것이었다.

이 제안을 여자 쪽에서도 받아들여 용하다고 소문난 점쟁이들을 찾아다니며 궁합을 보았다. 그 결과 네 군데가 좋다고 나오고 한 군데만 나쁘다고 나왔다. 비율로 따지자면 당연히 결혼해도 무방한 궁합 결과였다.

하지만 그것은 여자 쪽의 불안감을 조금도 해소시켜 주지 못했다. 뒤에 본 궁합 결과와는 상관없이 처음 보았던 궁합에 마음이 홀려서 계속 불안해하고 있었다.

결혼식이 일주일 앞으로 다가왔는데도 여자 쪽에서는 여전히 망설이고 있었다. 그러자 자존심이 몹시 상한 남자 쪽에서는 일방적으로 파혼을 선언해 버렸다.

축제 분위기 속에서 결혼식 준비를 하던 양가는 감정만 상한 채 돌아섰고, 결혼 당사자였던 두 남녀의 5년 사랑은 전혀 예상치 못했던 궁합의 덫에 걸려 도중하차하고 말았다.

궁합이 미신이냐 아니냐를 따지기에 앞서 순탄하게 결혼하고 싶다면 아예 그것을 보지 말아야 한다. 궁합을 봐서 좋다고 나오면 그보다 좋은 일은 없겠지만, 만에 하나라도 나쁘게 나온다면 그 덫에 걸려 결혼을 못 하거나 결혼을 하더라도 계속 찜찜한 마음을 갖고 살아야 한다.

궁합을 볼 것이냐 말 것이냐는 당사자의 마음이지만 궁합의 결과를 믿을 것이냐 말 것이냐는 당사자의 마음이 아니다. 일단 불길한 궁합이 나오면 믿지 않고는 못 배긴다. 아무리 믿지 않으려고 해도 '정말 궁합대로 맞아떨어지면 어떡하나'라는 생각이 머릿속을 온통 지배하여 궁합의 덫에서 헤어나지 못한다.

불길한 궁합을 만회해 보겠다고 여러 군데 궁합을 보는 것은 부질없는 일이다. 다른 일에서는 확률이 높은 쪽으로 결론이 나지만 궁합에 있어서만은 그렇지 않다. '좋은 것은 좋은 것이고 나쁜 것은 나쁜 것'이라고 생각하기 때문에 열 번 중에 나쁘다는 궁합이 단 한 번만이라도 나오면 그것은 나쁜 궁합으로 결론지어지고 만다.

결혼은
상대방을 챙겨 주는 것이다

♣ ♣ ♣

결혼에서 요구되는 것은 외면적인 조건보다도
내면적인 성실도이다.- <뒤프와예>

외적인 조건(인물, 재물 등)은 부실하지만, 내적인 조건(인간성, 성
실성 등)이 믿을 만하면 열 번 생각하고 결혼시키고, 외적인 조건은
괜찮지만, 내적인 조건이 부실하면 백번 생각하고 결혼시켜라. 전자
의 경우가 후자의 경우보다 백년해로할 가능성이 10배는 높기 때문
이다.

머리가 희끗희끗한 두 중년 남자가 술자리에 마주 앉았다.

"딸 문제로 속이 상해서 술 한잔하자고 이렇게 불러냈어. 바쁜데
불러냈으면 미안해."

"아니야. 나도 술 생각이 슬슬 나던 참이야. 그런데 다 큰 딸이
무슨 속을 썩여?"

"녀석이 내가 싫어하는데도 그놈하고 결혼하겠다고 버티는 거야.

딸자식 키워 봐야 아무 소용없다는 말 하나도 틀린 말 아니야."

"너무 속상해하지 마. 걔도 좋은 데가 있으니까 그러겠지."

"내가 저 잘되라고 그러지 나 좋자고 그러겠나."

"웬만하면 저 좋다는 사람하고 결혼시켜. 나중에 가서 원망 듣지 말고."

"아, 그놈이 웬만해야지."

"도대체 너는 그 젊은이 어떤 점이 그렇게 마음에 안 드는 거야?"

"다른 건 그럭저럭 괜찮은데, 가진 것이 너무 없어."

"젊은이가 가진 것 없는 것은 당연하지 뭘 그러나. 그 나이에는 가진 것 없는 것 흉 아니야. 다른 건 몰라도 가진 것 없다고 창창한 젊은이 기죽이지 마."

"……."

"사람 됨됨이만 보라구. 사람 하나 확실하면 그것만 믿어. 사람만 성실하면 밑바닥에서 시작해도 금방 일어선다구."

"자기 일 아니라고 너무 쉽게 말하는 것 아니야?"

"우리 자신이 바로 산증인이야. 솔직히 말해서 너나 나나 결혼할 때 뭐 특별한 거 있었냐? 우리도 그렇게 시작했지만, 아이들 잘 키워 놨고 이만큼 성공해서 남부럽잖게 살고 있잖아."

젊은이에게 가난은 결점이 아니다. 가난은 열심히 살아가면 언제든 극복할 수 있다. 정말로 큰 결점은 인간 됨됨이가 바르지 못한 것이다.

아무리 허우대가 멀쩡하고 가진 것이 많아도 인간 됨됨이가 그르다면 결혼생활을 파국으로 몰고 간다.

젊은이는 현재보다는 그 가능성을 보고 평가해야 한다. 젊은이의 가능성이야말로 돈으로 따질 수 없을 만큼 무궁무진한 가치를 지닌 것으로, 지금은 비록 내세울 만한 것이 없어도 야무진 포부를 가진 젊은이라면 그의 앞날은 창창하게 뻗어나간다.

부(富)는 스스로 쌓아가게 해야 한다. 맨주먹으로 시작해서 살림도 늘려나가고, 아이도 늘려나가고, 재산도 늘려나가고, 행복도 늘려나가는 것이 결혼생활이고, 하나하나 늘려나가는 재미로 사는 것이 또한 결혼생활이다. 결혼과 동시에 부모가 한밑천 챙겨 주는 것은 그 재미를 통째로 빼앗는 것이다.

성격의 조화가
이상적인 부부를 만든다

결혼은 되도록 자신과 성격이 정반대인 사람과 하는 것이 좋다. 언 뜻 생각하기에는 성격이 정반대면 충돌하는 일이 많을 것 같지만 오히려 그 반대다. 성격이 정반대면 상대의 성격을 흡수해 버리기 때문에 충돌할 가능성이 그만큼 줄어든다.

서른 살을 훌쩍 넘긴 여성이 신랑감을 찾고 있었다. 그녀가 지금 껏 시집을 못 간 것은 너무 까다로운 조건을 가지고 신랑감을 찾고 있었기 때문이다.

그녀가 애타게 찾고 있는 신랑감은 자신과 똑같은 성격을 가진 남자였다. 성격이 딱 맞아야 삐걱거리지 않고 살아갈 수 있다고 생 각하고 그런 남자를 찾았던 것이다.

고르고 고른 끝에 그녀는 자신의 조건에 꼭 맞는 남자를 만났다.

깔끔한 것을 좋아하는 것도 똑같고 맺고 끊는 것이 분명한 것도 똑같고, 기호와 취미까지 똑같아 연애하는 동안에도 이들은 마음이 척척 맞았다.

둘은 백년해로를 자신하며 만난 지 6개월 만에 결혼하였다. 그녀의 예상대로 신혼 초는 마음이 척척 맞아 부부간 트러블이 일어날 일이 없었다.

그러나 신혼 기간이 어느 정도 지나자 의견 충돌이 서서히 일기 시작했다. 처음에는 말다툼만 소금 하나 밀있는데, 그 정도가 점점 심해져 나중에는 아주 사소한 일을 두고도 심한 말이 왔다갔다할 정도로 심각한 싸움을 벌였다.

이들은 싸움에서 한 치의 양보도 하지 않았다. 한쪽에서 시비를 걸어오면 똑같은 성격 탓에 이들은 팽팽한 자존심 대결을 벌이며 요란하게 다퉜다.

좋은 결혼 상대자를 선택하기 위해서는 여러 가지를 따져봐야 하겠지만 그중에서 빼먹지 말아야 할 것은 성격이 어떻게 조화되는지를 따져보는 것이다. 결혼하면 성격과 성격이 맞부딪치기 때문에 성격의 조화가 어떤지를 따져서 결혼해야 부부관계가 순탄해진다.

결혼해서 살게 되면 서로의 성격이 섞이게 되고 서로 다른 색깔의 성격이 섞일 경우 그 중간색이 창출되는데, 그것이 바로 조화색이다. 이 조화색은 장래 부부관계의 성격을 규정짓는 것으로, 조화색을 보고서 장래 부부관계가 순탄해질 것이냐 험난해질 것이냐를 어느 정도 가늠해 볼 수 있다.

설명의 편의를 위해 순박한 성격은 흰색으로, 온화한 성격은 노란색으로, 냉정한 성격은 파란색으로, 정열적인 성격은 빨간색으로, 과격한 성격은 검정색으로 바꾸기로 한다.

조화색이 본래 색과 다르게 창출되면 남녀의 성격이 다르다는 뜻이고, 조화색이 본래 색과 같게 나오면 남녀의 성격이 똑같다는 뜻이다.

조화색은 본래의 색과 전혀 다르게 나올수록 좋다. 흰색과 검정색이 섞여 회색이 나오고, 노란색과 빨간색이 섞여 주황색이 나오는 것처럼, 조화색이 본래의 색과 다르게 나올수록 상대의 성격을 많이 흡수하기 때문에 부부관계가 순탄해진다.

본래의 성격과 조화색이 엇비슷하거나 똑같은 것은 좋지 않다. 흰색과 회색이 섞여 연회색이 나오고, 빨간색과 빨간색이 섞여 다시 빨간색이 나오는 것처럼, 본래의 색과 조화색이 흡사할수록 상대의 성격을 흡수하지 못하기 때문에 부부관계는 불화가 많고 변화가 많아진다.

이상적인 부부관계는 서로 다른 성격이 결합하는 것이다. 그래야 전혀 다른 조화색을 창출해 낼 수 있고, 그만큼 갈등의 소지도 줄일 수 있다. 정반대의 성격도 부부관계에서는 괜찮다. 흰색과 검정색이 섞이면 회색이 만들어지듯이, 오히려 극과 극의 성격이 섞이면 더 좋은 조화를 엮어낼 수 있다.

똑같은 성격끼리 만나서 결혼하는 것은 그리 바람직하지 않다고 할 수 있겠다. 성격이 같으면 충돌하는 일이 없을 것 같지만 오히려 그 반대이기 때문이다. 성격이 똑같으면 상대의 성격을 흡수하지 못하기에 사사건건 부딪치게 된다. 실제로 사소한 일에서까지 의견 차이를 보이며 갈등 속에서 살아가는 부부들 중에는 성격이 똑같은 예가 많다.

"남녀의 몸이 다르듯 성격 또한 달라야 이상적인 부부가 될 수 있다."

베네트의 말이다.

자기 자신의 일로 불평을 하는 것은
무익한 행위이며, 그것 때문에 효과적으로
인생을 살아갈 수 없게 된다.
자기 연민이 솟아나고, 기분이 언짢아지며,
사랑을 주고받고자 하는 노력을 할 수 없게 된다.
불평을 하면 남의 주의를 끌지는 모르지만
그렇게 해서 받은 남의 주목은
자기 자신의 행복 위에
검은 그림자를 드리울 뿐이다.
<웨인 W. 다이어>

제3장

행복한 삶을 일구는
현명한 선택

세상을 향해 너무 많이 투정 부리지 말게나.
어제 죽은 이가 그토록 살아보고 싶어 했던 오늘을
마음껏 살고 있는데
누더기면 어떻고 나물국이면 어떻고 초가삼간이면
또 어떤가!
우린 부족하다고 투정 부리지만
세상은 너무도 많은 것을
베풀어주고 있다네.

단점이 없는 사람은
장점도 거의 없다

✱✱✱

나의 단점이 어쩌면 나의 장점이다. <린즈링-林志玲>

남들만큼 잘나지 못했다고 결혼에 소극적이거나 결혼을 비관적으로 생각할 것 없다. 결혼은 장점과 장점이 만나서 뽐내며 사는 것이 아니라 단점과 단점이 만나서 서로 보완해가며 사는 것이기 때문에, 상대만 잘 고르면 누구나 성공적인 결혼을 할 수 있다.

여자다운 구석은 한 군데도 없는 여성이 있었다. 시집갈 나이가 다 되었는데도 여전히 덜렁대고 천방지축이었다.

짚신도 짝이 있다고 그런 그녀에게도 남자가 생겼다. 그녀는 그를 그냥 남자친구로만 알고 대했는데, 어느 날 그가 정식으로 청혼을 해왔다. 갑작스런 청혼에 그녀는 얼굴이 빨개져서 말했다.

"저는 여자다운 구석이라고는 한 군데도 없는 덜렁이예요. 우리 엄마도 저를 어떤 남자가 데려갈지 걱정스럽다고 걱정해요. 나중에 가서 후회하지 말고 다시 한번 잘 생각해 보세요."

그러나 남자는 이미 결심을 굳힌 듯 자신만만하게 말했다.

"당신의 바로 그런 점이 나는 마음에 들어서 결혼하기로 결정했습니다. 내가 대신 성격이 꼼꼼하고 차분하니 우리가 결혼하면 아마 이상적인 커플이 될 것입니다."

자신에게 부족한 점이 있더라도 의기소침해하거나 비관할 것 없다. 내가 갖고 있는 단점이 어느 누군가에는 장점으로 보일 수 있기 때문에 실망은 공연한 것이나. 내가 갖고 있는 단점을 장점으로 보고 다가오는 사람, 그 사람을 만나서 결혼하면 누구 못지않은 근사한 커플이 될 수 있다.

사람은 대개 자신과 대비되는 사람을 좋아한다. 키가 작은 사람은 키가 큰 사람을 키가 큰 사람은 키가 작은 사람을 좋아하고, 마른 사람은 통통한 사람을 통통한 사람은 마른 사람을 좋아하고, 온순한 성격은 화끈한 성격을 화끈한 성격은 온순한 성격을 좋아한다.

이처럼 사람이 자신과 반대되는 것에 매력을 가지는 것은 자신에게 결여되어 있는 것을 상대를 통해 받으려는 보충 심리 때문인데, 이런 보충 심리는 결혼에 유감없이 발휘된다. 자신과 반대되는 사람과 짝을 지음으로써 결핍된 부분을 보충받고 삶에 대한 만족도를 극대화하려는 것이다.

깨달음으로
삶의 가치를 음미하라

✤ ✤ ✤

인생에 있어서의 깨달음은
생에 있어서의 불행을 경험하지 않게 한다. <베이컨>

깨달으며 살아가느냐 되는 대로 살아가느냐에 따라서 삶의 질은 흑
과 백처럼 선명하게 차이가 난다. 깨닫고 살아가는 삶은 다양한 삶
의 가치를 음미할 수 있지만, 깨닫지 못하고 살아가는 삶은 단편적
인 삶의 가치만을 음미할 수 있을 뿐이다.

외아들과 결혼한 여자가 있었다. 외아들은 성격이 까탈스러울 것
이라는 걸 미리 감안하고 결혼했지만, 막상 살아보니 남편은 덩치
만 컸지, 아이나 다름없었다. 남편은 하나에서 열까지 시중을 들어
주어야 움직였다. 목욕물 세숫물도 받아주어야 했고, 옷과 양말도
일일이 챙겨 주어야 했다. 이렇듯 남편은 차를 타고 직장 다니는 것
을 제외하고는 스스로 하는 것이 없었다. 바퀴벌레를 보면 줄행랑
을 쳤고, 벽에 못 하나도 박지 못해서 쩔쩔맸다.

이런 남편을 대하면서 그녀는 시부모를 원망했다.

"자식이 아무리 귀하다지만 어떻게 저렇게까지 만들어 놓을 수가 있으실까?"

그런데 이상한 것은 그녀 자신도 아이를 남편처럼 만들고 있었다. 초등학교에 다니는 아들이 남편의 행실을 꼭 빼닮아 일일이 시중을 들어주어야 하는데도 그녀는 귀찮은 내색 없이 뒷바라지를 해줬다. 아이를 지금처럼 키우면 남편과 똑같은 사람이 된다는 것을 그녀는 깨닫지 못했다. 나중에 아들이 장가가서 며느리가 들어오면 자신과 똑같이 불평하며 자신을 원망할 것이라는 걸 꿈속에서조차도 깨닫지 못했다.

깨닫기가 이렇게 힘든 것이다. 내 자신을 들여다보기가 이렇게 힘든 것이다. 제삼자 입장에서는 남편에게서 좋지 못한 점을 발견했다면 자식에게만은 그것을 가르치지 말아야 한다는 것이 쉽게 보이는데 당사자는 그것이 보이지 않는 것이다.

깨달으면서 살아가야 한다. 깨달음으로 어리석음으로부터 멀어질 수 있고, 비뚤어져 있던 삶을 바르게 돌려놓을 수 있다. 깨달음이 없는 삶은 가치가 없다. 깨달음이 없는 삶은 어리석음과 시행착오의 연속이다. 어리석음을 범하면 범하는 대로, 속임을 당하면 당하는 대로 그냥그냥 살아가는 것은 동물의 세계에나 있는 일이다.

어머니의 삶은
고귀하다

지금처럼 살고 싶어 사는 어머니는 열에 하나도 안 된다. 남편에게
부대끼고 자식들 뒤치다꺼리하다 보니 좋은 청춘 좋은 세월 다 보
내고 지금처럼 살고 있는 것이다. 식구들 배 곯리지 않으려다 보니
여자의 몸으로 이것저것 궂은일 마다하지 않고 부대끼며 살아온 것
이다.

"난 절대 엄마처럼 살지 않을 거야."
살림살이가 어려웠던 시절, 큰딸이 시집가면서 내뱉은 말이었다.
꽃다운 나이에 시집와서 아들딸 낳고 평생을 자식들을 위해 사신
엄마, 술로 폐인이 되다시피 한 아버지의 몫까지 떠맡아 고생으로
점철된 인생을 살고 계시는 엄마, 단 하루도 당신을 위해 살아본 적
이 없는 엄마가 너무도 가엾고 답답해서 '왜 엄마는 그렇게 사느냐

고 늘 투정을 부려 왔던 딸이었다.

맛있는 것 있으면 자식들 입에 넣어 주느라 먹어보지 못하고, 예쁜 옷 있으면 자식들 입히느라 입어 보지 못하고, 따뜻한 아랫목은 아버지와 자식들에게 양보하느라 차지하지 못하고, 그러면서도 팔자려니 하고 불평 한마디 하지 않는 엄마가 너무 안쓰러워 자신은 절대 엄마처럼 살지 않을 거라며 시집을 갔던 것이다.

그녀의 장담대로 신혼 초는 친정엄마와 전혀 다른 삶을 살았다. 성실한 남편이 돈 잘 벌어 오겠다, 편리한 가전제품 덕분에 집안일 수월하겠다, 그녀의 신혼은 순조롭기만 했다.

그렇게 세월이 흘러 5년, 아이가 벌써 둘이 되었다. 아이들 뒤치다꺼리하느라 눈코 뜰 사이 없이 바빴지만, 행복도 있었고 아이들 키우는 보람도 있었다.

마냥 순탄하기만 할 것 같던 그녀의 인생에 불행의 그림자가 드리워지기 시작한 것은 성실하고 돈 잘 벌어 오던 남편이 친구 따라 도박에 손을 대면서부터였다. 남편이 도박에 빠져 있는 사이 가세는 급격히 기울었고, 설상가상으로 남편은 직장까지 잃고 주정뱅이가 되어 버렸다.

이제 그녀는 가족의 생계를 위해 일터로 나서야 하는 신세가 되고 말았다. 아이들 뒤치다꺼리하기도 벅찬 판국에 일까지 나가야 할 노릇이었으니 고생이 이만저만이 아니었다. 혼잣손으로 살림하랴 아이들 거두랴 자신을 챙길 시간이 없었던 그녀의 모습은 말이 아니었다. 생기 없는 얼굴에 후줄근한 옷차림, 그녀에게서 시집올 때의 세련된 모습은 찾아볼 수가 없었다. 친정엄마처럼 살지 않겠노라고 수도 없이 다짐하고 다짐했건만, 돈에 쪼들리고 남편에게 시달리고 아이들에게 부대끼면서 그녀는 자신도 모르게 친정엄마를 닮아 가고 있었다.

그녀의 달라진 모습을 본 친정엄마가 속상해서 한마디 건넸다.

"네 꼴이 왜 이러니? 엄마처럼 살지 않겠다고 하더니 이 꼴이 뭐냐구?"

그녀는 복받치는 설움을 참지 못하고 친정엄마 품 안으로 달려들며 흐느꼈다.

"엄마, 너무 힘들어. 세상 살기가 왜 이렇게 힘든 거야?"

친정엄마가 그녀의 등을 다독거리며 말했다.

"엄마처럼 살지 않을 거라고 장담했지만 그게 어디 마음대로 되는 일이니. 나라고 왜 너 같은 꿈이 없었겠니? 시집와서 너의 아버지한테 부대끼고 너희들에게 부대끼다 보니 그 꿈들 다 부서지고 나도 모르게 이렇게 된 거야."

"엄마, 다 팽개치고 이 지긋지긋한 삶에서 벗어나고 싶어. 내가 왜 이렇게 살아야 해?"

"이게 어머니의 길인데 어쩌겠니. 너 하나만 바라보고 사는 불쌍한 새끼들을 보고 살아야지. 자식 있는 여자한테는 어머니의 자리는 있어도 여자의 자리는 없는 거란다."

'난 엄마처럼 살지 않을 거야'라는 철없는 소리 함부로 내뱉지 말라. 어느 누가 우아하고 세련된 어머니가 되고 싶지 않겠는가? 하지만 뜻대로 안 되는 것이 어머니의 길이고, 몸부림쳐도 벗어날 수 없는 것이 어머니의 길이다.

어머니의 일생을 과소평가해서는 안 된다. 어머니의 행색이 초라하면 할수록 그만큼 고통이 컸다는 증거고, 어머니의 인생이 가엾어 보이면 보일수록 그만큼 희생이 컸다는 증거다. 어머니 이마의 깊은 주름살은 남편과 자식들 거두느라 수도 없이 내쉰 한숨의 흔적이고, 어머니 손에 박힌 굳은살은 집안 살림 일으키느라 여유도 없이 버둥댄 고생의 흔적이다.

여자(미혼 여성)의 일생은 여자 자신이 만들지만, 어머니의 일생은 남편과 자식들에 의해서 만들어진다. 남편이 가정을 튼튼히 지켜 주고 자식들이 무난하게 성장해 주면 어머니는 평탄하고 우아한 일생을 보낼 수 있는 것이고, 남편이 가정을 나 몰라라 하고 자식들은 사고나 치고 다니면 어머니는 굴곡 많은 고달픈 인생을 보낼 수밖에 없다.

자녀의 미래는
부모의 품성에 따라 정해진다

***

자녀들은 부모의 말보다 행위를 보고 자란다.
자녀들이 언어 이상으로 판단의 기준으로 삼는 것은 부모의 행위,
즉 태도이다. <니키 마론>

자녀의 인품은 태어나는 것이 아니라 부모에 의해 만들어진다. 화장실에 들어가 있으면 화장실 냄새가 몸에 배고, 꽃밭에 들어가 있으면 꽃향기가 몸에 배듯이, 천박한 부모와 살면 천박한 자녀가 되고, 어진 부모와 살면 어진 자녀가 되는 것이다.

담 하나를 사이에 두고 김 씨와 박 씨가 이웃해서 살고 있었다. 김 씨는 성품이 온화하고 인자하여 가정을 화목하게 이끌고 부인을 위해 주었지만, 박 씨는 성품이 괴팍하고 천박해 싸움질이나 하고 다니면서 부인 속을 몹시 썩였다.

어느 해, 이들 부인은 거의 같은 시기에 임신을 했다. 약속이라도 한 듯이 배도 비슷하게 불러 올랐다.

박 씨의 부인은 배 속의 아이가 옆집 김 씨의 성품을 닮았으면

좋겠다고 생각했다. 외간 남자를 사모해서가 아니라 자기 남편 닮아 보았자 건달 자식밖에 되지 않으니 어질고 인자한 김 씨 같은 성품을 닮아서 훌륭한 자식이 되기를 바란 때문이었다.

몇 달 후, 우연치고는 너무 완벽하게 이들 부인은 같은 병원에서 같은 날 1시간의 간격을 두고 아들을 낳았다. 아이들은 이름표가 부착되어 나란히 신생아실에 보내지고, 부인들은 한 병실에서 나란히 누워 있었다.

병원에 있는 동안에두 옆집 김 씨는 부인을 찾아와 따뜻하게 위로해 주었지만 건달 박 씨는 코빼기도 비치지 않았다.

너무나 야속한 박 씨의 부인은 남편의 행동을 되짚어 보며 낳아 놓은 아들을 걱정했다. 아이가 남편의 피를 그대로 받아서 건달이 되면 어떡하나 하는 걱정이 앞서 잠을 이룰 수가 없었다.

평소 김 씨의 성품을 존경해 온 박 씨의 부인은 김 씨 아들이 탐이 나기 시작했다. 김 씨 아들은 아버지의 피를 받아서 훌륭하게 성장할 것이라고 생각하니 은근 질투가 났다.

박 씨의 부인은 곰곰 생각 끝에 자기 아들을 김 씨 아들과 바꾸기로 마음먹었다. 낳은 지 이틀밖에 안 된 핏덩이고, 또 같은 사내 아이라서 바꿔치기해도 모를 것이라 생각하고 신생아실로 몰래 들어가 아이를 서로 바꾸어 놓았다. 순식간에 일어난 일이라 아무도 아이가 바뀐 사실을 알아채지 못했다.

두 아이는 완전히 운명이 바뀌어 박 씨 아들은 김 씨 집에서 자랐고 김 씨 아들은 박 씨 집에서 자랐다.

박 씨의 부인은 아들이 김 씨의 피를 받았기 때문에 당연히 김 씨 성품을 닮을 줄로 믿고 키웠지만, 박씨 아들은 점점 박씨의 행실을 닮아 갔다. 공부는 뒷전으로 밀어놓은 채 동네 불량배들과 어울려 다니더니, 결국에는 박 씨와 똑같은 건달이 되었다.

한편 박 씨의 피를 받은 김 씨 아들은 김 씨의 행실을 그대로 닮아 갔다. 아무리 뜯어보아도 박 씨의 건달 끼를 닮은 구석이라고는 없었다. 김 씨의 인자한 성품을 그대로 빼닮은 김 씨 아들은 열심히 공부해서 훌륭한 외교관이 되었다.

자기 아들은 건달이 되고 김 씨 아들은 외교관이 되자 박 씨의 부인은 가슴을 치며 통한의 후회를 했다. 김 씨 아들을 볼 때마다 '차라리 바꾸지 않았으면 외교관 자식을 두는 건데' 하면서 속으로 끙끙 앓았다.

그러나 바꾸지 않았어도 결과는 마찬가지다.

박 씨의 피를 받은 김 씨 아들은 외교관이 되고, 김 씨의 피를 받은 박 씨 아들은 건달이 된 것은, 누구 피를 받았느냐가 아니라 누가 키웠느냐가 결정했기 때문이다.

자녀는 전적으로 부모를 닮는다. 낳아 주었기 때문에 닮는 것이 아니라 키워 주었기 때문에 닮는다. 자녀가 평양 말씨를 쓰는 것은 평양 말씨를 쓰는 부모의 피를 타고났기 때문이 아니라 평양 말씨를 쓰는 부모 밑에서 자랐기 때문이고, 자녀가 도둑질하는 것은 도둑의 피를 타고났기 때문이 아니라 도둑질하는 부모 밑에서 자랐기 때문이다.

사람의 성품은 후천적 요인에 의해서 만들어진다. 자녀가 부모로부터 물려받은 것은 생명일 뿐이고, 그 자녀가 자라 어떤 사람이 될 것인가는 어떤 환경 속에서 자라느냐에 의해서 결정된다. 점잖은 부모 밑에서 자라면 점잖은 자녀가 되고, 망나니 부모 밑에서 자라면 망나니 자녀가 되는 것이다.

청소년심리학의 권위자인 니키 마론은 이렇게 말했다.

"자녀의 인격 형성에 결정적인 역할을 하는 것은 피가 아니라 그 부모의 인품이다."

집착의 대상을
사라지게 하라

✤✤✤

집착은 끈끈한 성질을 갖고 있어서 멀리 떨어지지 않으면
끊을 수 없다. <쿠퍼>

집착을 끊는 확실한 방법은 집착의 대상을 눈앞에서 사라지게 하는 것이다. TV에 집착하면 TV를 없애버리고, 여자에 집착하면 그 여자와 떨어져 있게 하면 된다. 탈 것이 없으면 이내 꺼져버리고 마는 불처럼 지독한 집착도 집착의 대상이 사라져 버리면 곧 수그러지고 만다.

어느 가정에 TV를 지독히도 좋아하는 아들이 있었다. 초등학교에 다니는 아들은 학교만 갔다 오면 TV 앞에 딱 붙어서 떠날 줄을 몰랐다. 그만 보고 공부하라고 야단도 치고 강제로 공부방으로 쫓아내기도 했지만, 그때뿐으로 소용이 없었다.

중학교에 올라가면 괜찮아질 것이라 기대를 했지만, 아들은 중학교에 올라가서도 여전히 TV 앞을 떠나지 못했다. 오히려 아들은

TV 보는 시간이 더욱 늘어났고, 공부에 흥미를 잃어갔다. 책상 앞에 붙어 있는 시간보다 TV 앞에 붙어 있는 시간이 많아지면서 성적은 점점 떨어져 하위권에서 맴돌았다.

아들을 TV로부터 빨리 떼어놓지 않으면 큰일 나겠다고 판단을 한 아버지는 고민 끝에 TV를 없애야겠다고 결심하고 아내를 설득하기 시작했다.

"여보, 우리 애가 바르게 크고 좋은 대학에 가길 바라지?"

"당신, 그걸 말이라고 하세요?"

"그럼 우리 TV 내다 버리자."

"왜 멀쩡한 TV를 내다 버려요?"

"애 공부시키려면 그 방법밖에 없어."

"그렇지만……, TV 없이 무슨 재미로 살아요? TV를 안방에 두면 안 될까?"

"우리는 TV를 보면서 애한테 보지 말라고 하는 것은 애를 너무 고통스럽게 하는 거야. 우리도 같이 보지 말아야지 애가 TV에 대한 집착을 끊고 공부에 전념할 수 있어."

"아휴, 속상해."

"애 교육을 위해서 우리 눈 딱 감고 TV를 없애자."

가장의 용기 있는 결단에 아내도 따르지 않을 수가 없었다. TV는 그날로 내다 버려졌고, 아들은 TV가 없어진 후부터 마음을 다잡고 공부에 매진하게 되었다.

집착은 그 대상이 존재함으로써 생겨난다. 재산이 있음으로써 재산에 대한 집착이 생겨나는 것이며, TV가 있음으로써 TV에 대한 집착이 생겨나는 것이다.

대상이 존재하지 않는다면 집착도 생기지 않는다. 따라서 집착을 끊기 위해서는 그 대상을 눈앞에서 사라지게 하면 된다. 눈에 보일 때는 강하게 집착하지만, 눈에서 멀어지면 흐지부지해지는 것이 사람의 심리이므로 집착의 대상을 없애거나 그 대상과 떨어뜨려 놓으면 점차 벗어날 수 있게 된다.

그 대상을 그대로 둔 채 집착을 끊는다는 것은 거의 불가능하다. 리모컨만 누르면 켜지는 TV가 코앞에 있고서는 TV에 대한 집착은 끊어지지 않는다. 일시적으로는 벗어날지 몰라도 대상이 그대로 버티고 있는 한 그 미련에 끌려 다시 집착하게 된다.

부모는 자녀에게
빛과 같은 존재이다

✱✱✱
어머니란,
어린 자식의 입과 마음에서는 하나님과 같은 이름이다. <대커리>

사랑 섞어 마음 섞어 낳은 자식은 그 부모의 업이니, 고이고이 키우고 가르쳐서 세상 스스로 살아나갈 때까지 보살펴라. 무릇 자식은 부모 품속을 떠나면 동네북이 되니, 이 사람 저 사람 차는 발길이 모질고 차다. 그러니 어찌 자식 버린 부모가 복 받고 천상에 가겠는가.

  큰딸 작은딸 시집보내 놓고, 막내아들까지 장가보내서 분가시켜 놓은 노부부가 어느 날 이혼을 하고 갈라섰다. 얼마 남지 않은 인생을 서로 의지하며 살아도 모자랄 판에 이혼하고 갈라선 이들의 행동을 자식들은 말할 것도 없거니와 주위 사람들은 도저히 이해하지 못했다. 이혼 소식을 듣고 걱정스런 마음으로 달려온 큰딸이 아버지에게 말했다.

  "아버지, 이제 사실 날도 얼마 남지 않았는데 두 분이 서로 의지하고 사시지 왜 이혼을 하셨어요?"

아버지는 담담한 표정으로 대답해 주었다.

"이혼이 새삼스러운 것은 아니란다. 나와 너희 엄마는 20년 전에 이미 이혼하기로 결정해 놓았단다. 그때 이혼을 했어야 했는데 어린 너희들에게 부모가 갈라서는 모습을 차마 보여 줄 수가 없어서 지금까지 기다렸다. 어찌하다 보니 이렇게 지각 이혼을 하게 된 것이란다."

이혼해야 할 삶을 아이 때문에 참고 살아야 한다는 것은 비극이다. 하지만 부모가 이혼했을 때 아이가 겪는 비극은 그보다 훨씬 크다.

그렇기에 아이가 있다면 이혼에 대해 특별히 심사숙고해야 한다. 이혼하는 것 자체가 나빠서라기보다 아이가 있는 상태에서의 이혼은 부부가 단순히 갈라서는 것이 아니라 아이를 비참하게 내다 버리는 비인간적인 행위가 되기 때문이다.

아이에게 부모는 절대적인 존재다. 빙벽을 타고 있는 사람이 줄 하나에 생명을 의지하고 있듯이 아이는 부모에게 자신의 모든 것을 걸고 산다. 그런 아이에게서 부모가 떠난다고 상상해 보라. 아이의 충격이 얼마나 클 것인가? 그 충격이 어느 정도인가는 빙벽을 타다가 줄이 끊겨졌을 때 그 사람이 어떻게 되는지를 상상해 보면 쉽게 이해될 것이다.

바가지 속에
사랑이 담겨 있다

♣ ♣ ♣

남으로 생긴 것이 부부같이 중할런가. 사람의 백복(百福)이 부부에 갖췄으니,
이리 중한 사이에 아니 화(和)코 어찌하리. <박인로>

우리가 잊고 사는 고마운 사람 중에서 그 으뜸은 남편에게는 아내
요 아내에게는 남편이다. 그런데도 많은 부부들이 늘 함께 살고 있
다는 이유 하나만으로 자신의 곁을 묵묵히 지켜 주고 있는 배우자
의 고마움을 다독거려 주고 보듬어 주지 않는다.

하루도 거르지 않고 긁어대는 아내의 바가지 소리에 노이로제가
걸린 사람이 있었다. 어찌나 심하게 바가지를 긁어대던지 아내와
얼굴을 마주치기가 싫을 정도였다. 그래서 그는 아내가 없어져 버
렸으면 좋겠다고 생각했다. 그러면 지긋지긋한 바가지로부터 해방
될 것이라는 단순한 생각에서였다. 그런데 그 말이 정말로 씨가 되
고 말았다. 아내가 교통사고로 뇌를 심하게 다쳐 의식을 잃게 되는
비극이 찾아온 것이다.

아내가 자리에 누우면서 지독한 바가지는 사라졌지만, 집안 꼴은

말이 아니었다. 식사며 청소며 빨래며 제대로 되는 것이 한 가지도 없었다. 아내 대신 집안일과 아이들 뒤치다꺼리까지 떠맡은 그는 죽을 지경이었다. 도우미를 불렀지만 그래도 아내의 빈자리를 메우기에는 턱없이 부족했다. 엉망인 집안 꼴을 보며 그는 아내의 소중함과 고마움이 뼈저리게 느껴지기 시작했다. 아내가 바가지를 긁어 댔던 마음도 이해가 되었다. 뒤늦게야 아내의 빈자리를 깨달은 그는 누워 있는 아내에게 울먹이며 말했다.

"여보, 빨리 털고 일어나서 예전과 같이 내게 바가지 좀 긁어요. 당신이 이렇게 힘없이 누워 있으니까 나도 힘이 없소"

배우자의 존재를 잊지 말고 살아야 한다. 언제든 손을 뻗어 가질 수 있는 내 사람이 있다는 것은 행운 중의 행운이고, 평생 동안 살을 맞대고 살 수 있는 사람이 있다는 것은 축복 중의 축복이다. 없어졌으면 좋겠다고 생각되는 배우자라도 막상 없어지면 견디지 못할 정도로 고통이 따르는 것이 배우자라는 커다란 존재이다.

인생에서 가장 맛나는 벗은 배우자이다. 추울 때 품 안에 안아주고, 등 가려울 때 시원하게 긁어 주고, 슬플 때 위로의 손길로 다독거려 주고, 싸울 때 내 편이 되어 같이 싸워 줄 사람은 배우자밖에 없다. 배우자만큼 그러한 일을 헌신적으로 지속적으로 해주는 사람은 없다.

부모를 공경하는 사람은
남을 얕보지 않는다

❉ ❉ ❉

세상의 모든 은인 중에 부모보다 더한 은인은 없다. <R. 버튼>

군이 서열을 정한다면 내 부모 앞에 세울 사람은 세상에 존재하지 않는다. 대통령도 장관도 내 부모 앞에는 세울 수 없고, 재벌도 사장도 내 부모 앞에는 감히 세울 수 없다. 세상 구석구석을 다 뒤져 봐도 나를 위해 그 많은 희생을 하신 분은 내 부모밖에 없다.

아주 오래전에 어느 행복한 가정이 있었다. 결혼한 지 3년 된 이들 사이에는 딸아이가 하나 있었고, 이들 부부는 딸아이의 재롱을 보며 행복에 푹 젖어 살았다.

이런 행복을 시샘이라도 하듯 어느 날 갑자기 이들 가정에 큰 불행이 찾아들었다. 성실하고 다정다감했던 남편이 교통사고로 졸지에 불귀의 객이 되면서 행복이 송두리째 날아가고 말았다.

남편의 갑작스런 죽음은 남아 있는 부인과 딸에게 엄청난 시련을 안겨 주었다. 지금껏 험한 일 한 번 해보지 않고 곱게만 자란 그녀에게 딸과 함께 험난한 세상을 헤쳐 나가야 하는 짐은 너무도 크게 다가왔다. 무방비 상태로 생계의 짐을 떠안은 그녀는 남편의 죽음을 슬퍼할 겨를도 없이 먹고살 궁리를 해야 했다.

취직을 하기 위해 여기저기 알아봤지만, 일자리가 없었다. 특별히 자격증이나 기술이 있는 것도 아니고, 그렇다고 가게를 하나 낼 만한 뭉텅이 돈이 있는 것도 아니어서 돈을 번다는 것이 난감하기만 했다. 아무리 찾아보아도 취직할 곳은 없고 형편은 자꾸 쪼들리자, 그녀는 독하게 마음먹고 야채 행상을 택했다. 리어카를 끈다는 것이 남자도 하기 어려운 일이라는 것을 그녀 스스로가 더 잘 알고 있었지만, 당장 리어카만 장만하면 장사를 시작할 수 있었기에 그 일을 택했다.

우여곡절 끝에 리어카를 끌어 겨우 생계 걱정은 덜었지만, 그녀의 꼴은 말이 아니었다. 눈만 뜨면 골목을 누비다 보니 곱던 얼굴은 햇볕에 그을려 까맣게 되었고, 손바닥은 굳은살이 박혀 막노동꾼 손처럼 거칠어졌다. 그녀는 자꾸만 초라해져 가는 자신이 싫었지만, 딸아이만은 남부럽잖게 키우고 가르쳐서 좋은 사람에게 시집보내겠다고 마음먹고 진날 갠날 가리지 않고 장사를 계속했다.

그런 그녀를 정작 힘들게 하는 것은 딸아이의 투정이었다. 딸아이는 유치원에 들어가면서부터 "왜 엄마는 다른 엄마들처럼 화장도 안 하고 예쁜 옷도 안 입어?"라며 투정을 부리기 시작했다. 그런 투정을 들을 때마다 자신을 이해해 주지 못하는 어린 딸이 야속했지만, 철이 들면 이해할 거라 생각하고 웃어넘겼다. 하지만 딸의 태도는 갈수록 태산이었다. 나이가 들고 철이 들면서 딸은 그녀를 노골적으로 피하기 시작했다. "리어카 끄는 엄마가 나는 창피해."라면서 길거리에서 만나면 아예 아는 척도 하지 않았다.

그럴 때마다 그녀의 가슴은 찢어졌다. 팔자 고쳐 살라는 주위 사람들의 권유도 뿌리치고 딸만을 믿고 의지해 온 그녀에게 딸의 냉대는 가슴을 후벼파는 아픔이었다.

대학을 졸업한 딸에게 애인이 생기면서부터 그녀는 더욱 냉대를 받아야 했다. 엄마가 리어카를 끌고 장사하는 것을 남자친구가 알면 시집 못 간다면서 야채 장사 그만두고 다른 곳에 취직하라고 성화를 댔다.

사윗감을 소개받던 날, 그녀는 분장이 아닌 변장을 해야 했다. 장사꾼 엄마가 아니라 근사한 회사에 다니는 엄마로 보이기 위해 머리방으로 옷가게로 다니며 최대한 장사꾼 티를 없앴다. 딸과 함께 완벽한 연기를 해서 사윗감 맞기는 그럭저럭 잘 넘어갔지만, 그것은 고통의 끝이 아니라 시작이었다. 남자친구가 돌아가자마자 딸은 당장 야채 장사를 그만두라고 보채기 시작했다. 길거리에서 장사하다가 남자친구에게 들키기라도 하는 날이면 모든 것이 허사로 돌아간다면서 결사적으로 장사를 못하게 했다.

그녀도 그러고 싶었다. 장사고 뭐고 다 때려치우고 여느 여인네들처럼 멋이나 부리면서 살고 싶었다. 하지만 코앞에 닥친 딸의 혼

수 걱정이 앞서 그럴 수가 없었다. 그동안 벌어 놓았던 돈은 딸 공부시키는 데 다 들어가 딸을 시집보내기 위해서는 한눈팔지 않고 장사를 해야만 했다. 그러나 장사를 하면서도 불안했다. 정말로 사위가 될 사람이라도 덜컥 만나면 어떡하나 하는 불안감에 자꾸만 주위를 둘러보았다.

그러던 어느 날, 그렇게도 우려했던 일이 실제로 벌어지고 말았다. 길거리에서 장사하다 사위 될 사람과 피할 여유도 없이 맞닥뜨리고 만 것이다. 회사에 다닌다고 거짓말한 것이 엊그제인데, 덜컥 들켜 버렸으니 그녀는 쥐구멍에라도 들어가고 싶었다. 안절부절못하며 당황해하는 그녀에게 사위 될 사람이 물었다.

"어머님, 지금 뭐 하시는 거예요? 또 이 리어카는 뭐예요?"

"미안하네. 회사 다닌다고 한 것 다 거짓말이었네. 자네가 보다시피 나는 리어카를 끌며 이렇게 야채 장사를 하고 있네."

"왜 그런 거짓말을 하셨어요?"

"내가 리어카 끌고 야채나 팔러 다닌다고 하면 소영이 시집가는 데 흠이 될까 봐서 그랬네. 다 내 잘못이니 용서해 주게나. 빌라고 하면 내가 빌 테니 아비 없이 불쌍하게 자란 우리 소영이 제발 상처 주지 말게."

"그러면 어머님께서 손수 리어카를 끌어서 소영이를 키우신 거예요?"

"그렇다네. 소영이 두 살 때 소영이 아버지는 졸지에 하늘나라로

가고, 그때부터 나는 먹고살기 위해서 이 장사를 시작했네. 돈 벌면 가게라도 하나 낼 생각이었지만 소영이 대학까지 보내다 보니 지금 껏 이 장사를 놓지 못하고 있네."

"소영이는 저한테 그런 말 전혀 않던데요"

"그랬을 거야. 소영이는 내가 이 장사하는 것을 매우 못마땅하게 생각하고 있거든."

"왜죠?"

"소영이는 내가 다른 엄마들처럼 우아하고 세련된 엄마가 되어 주길 바라는데, 눈만 뜨면 장사해야 하는데 내가 어떻게 그리하겠 나. 리어카 끌고 장사하는 엄마가 창피하다고 길거리서 만나면 아 예 나를 피해 버리네."

어머니의 말을 듣고 대충 내막을 알게 된 그는 소영에게 은근히 화가 치밀었다. 이렇게 험한 일을 해서 자신을 키워 준 어머니를 홀 대한다는 사실에 분노가 치밀었다.

"어머님, 세상에 이런 법은 없습니다. 누구 때문에 어머님이 이런 고생을 하고 계시는데요. 제가 소영이의 잘못을 단단히 고쳐 놓겠 습니다."

"제발 그러지 말게. 그러잖아도 자네한테 들키면 큰일 난다며 장 사를 못 하게 말렸는데… 오늘 나와 만났던 일을 소영이한테는 절 대 비밀로 해주게. 부탁하네."

"어머님, 염려 마세요. 저는 소영이와 꼭 결혼합니다. 소영이와 결혼하기 때문에 잘못을 바로잡으려 하는 것입니다. 어머님처럼 홀륭한 분을 장모님으로 모시게 되어 저는 얼마나 기쁜지 모릅니다."

"정말로 고맙네. 자네가 나를 이렇게 이해해 줄 줄 알았더라면 자네한테 거짓말을 하지 않았을 텐데… 내가 딸 복은 없어도 사위 복은 있는가 보네. 앞으로 자네만 믿겠네."

그녀의 눈에서는 눈물이 흘러내렸다. 고마움의 눈물인지 서러움의 눈물인지 주위 사람들의 이목에 신경 쓰지 않고 하염없이 쏟아 냈다. 그 눈물을 말없이 바라보고 있던 예비 사위의 눈에도 눈물이 고였다. 어머니의 눈물을 간신히 진정시켜 놓은 그는 당장 소영을 찾아갔다.

"나, 지금 어머님 만나 뵙고 오는 중이야."

소영이는 자기 엄마를 만났다는 말에 흠칫 놀랐다.

"왜? 내가 어머님 장사하는 모습 보면 안 되니?"

"… 미안해."

"뭐가 미안한데?"

"우리 엄마 회사 다닌다고 거짓말해서."

"미안한 게 그것뿐이니? 너 어떻게 그럴 수가 있니? 지금까지 너를 고생해서 키워 준 어머님이 창피하다고? 네가 그렇게 형편없는 여자였니?"

"……."

"어머님이 화장하기 싫어서 맨얼굴로 다니시고, 예쁜 옷 사 입을 줄을 몰라서 허름한 옷 입고 다니시는 줄 아니? 그리고 어머님이 리어카 끌고 싶어서 리어카 끌고 있니? 그것은 다 너를 먹이고 입히고 공부시키기 위해서 그런 거야. 어머님이 다른 엄마들처럼 멋이나 부리고 매일 놀러나 다녔으면 누가 너 먹여 주고 입혀 주고 대학까지 공부시켜 주었겠니?

"……!"

"네 눈에는 번지르르하게 치장한 엄마들이 좋아 보일지 몰라도 내 눈에는 그런 것을 포기하고 거룩한 희생을 하고 계시는 어머님이 백배 천배 나으셔. 딸을 위해 여자 몸으로 리어카를 끌고 장사를 하고 계시는 어머님이야말로 그 어떤 어머니들보다도 아름답고 훌륭한 분이셔."

자기 잘못이 느껴지는지 소영의 눈에는 눈물이 고이기 시작했다. 자신의 잘못을 조목조목 들춰내는 그 앞에서 한마디 대꾸도 하지 못했다. 엄마는 오직 딸 하나만을 위해서 희생하며 살아오셨는데 자신은 자신을 위해서만 살아왔다는 사실이 부끄러워 잘못했다는 말조차도 꺼내지 못하고 눈물만 짜냈다.

그가 돌아가고 혼자 남은 소영은 방구석에 쭈그리고 앉아 지난날의 자신을 뉘우쳤다. 자신이 정말 못된 딸이었다는 것을 크게 깨달은 소영은 엄마한테 그동안의 잘못을 용서받기로 마음먹었다.

한편, 해가 지고 어둑어둑해질 무렵에서야 하루 장사를 마친 그녀는 지친 몸을 이끌고 집으로 향했다. 대문 앞에 도착한 그녀는 낮에 사위 될 사람을 만났다는 사실이 마음에 걸려 대문 틈으로 집안을 잠시 살핀 다음 대문을 살며시 밀고 들어갔다. 그때였다. 엄마가 돌아오기만을 손꼽아 기다리고 있던 딸이 쏜살같이 뛰어나와 그녀를 부둥켜안았다. 그리고는 흐느끼며 말했다.

"엄마, 내가 잘못했어요. 엄마는 나를 위해서 힘든 장사도 마다하지 않았는데 나는 내 욕심만 차렸어요. 나 시집갈 궁리만 했어요. 엄마, 나 나쁘지? 엄마 속만 상하게 하구. 앞으로는 엄마 창피하다고 하지 않을게요. 그리고 엄마 장사도 틈틈이 도울게요. 못된 딸용서해 주세요."

뒤늦게나마 자신의 잘못을 뉘우치고 흐느끼는 딸을 어루만지며 어머니는 가슴에 맺힌 20년의 응어리를 한꺼번에 풀어내려는 듯 통곡을 했다.

이 세상에서 정말로 창피해하고 부끄러워해야 할 사람은 남의 물건이나 훔치고 사기나 쳐서 남에게 피해 입히고, 툭하면 헐뜯고 이간질이나 하고 다니면서 남을 속상하게 하는 사람들이다. 무슨 일을 하든 정직하고 성실하게, 또 남에게 피해 입히지 않고 진실하게 사는 것은 결코 창피한 일도 부끄러운 일도 될 수가 없다.

무슨 설명이 더 필요하겠는가. 부디 부모 귀한 줄 아는 자식들이 되었으면……

효도는
선택이 아닌 필수다

♣ ♣ ♣

부모가 누더기를 걸치고 있으면 자식들은 모른 척하지만,
부모가 돈주머니를 차고 있으면
자식들은 모두 효자가 된다. <셰익스피어>

효도는 선택이 아니라 필수다. 효도는 여건이 되면 행하고 그렇지
않으면 외면해도 되는 것이 아니라 먹을 것이 없어도 해야 되고 잠
잘 곳이 없어도 해야 되는 것이다. 부모가 자식을 낳고 기름에 선택
이 없었듯이 자식이 부모에게 효도함에 선택이 있어서는 안 되는
것이다.

자식들과 떨어져 외롭게 살아가고 있는 노부부가 있었다. 이들에
게는 자식이 다섯 명이나 있었지만 하나같이 곁을 떠나가 효도다운
효도 한번 받아보지 못하고 외롭게 살았다. 고생고생해서 남부럽잖
게 키워 놓았건만 저희 스스로 잘된 양 뿔뿔이 흩어져 어느 자식도
부모 모실 생각을 하지 않았다.

외로움을 이기지 못해 어쩌다 자식들 집에 다니러 가면 자식들은

의례적으로 손님 대접만 해줄 뿐이었다. 효도 받으려고 자식을 키운 것은 아니었지만 자식들의 무관심이 가끔은 이들의 눈시울을 적시게 했다.

자식들 뒷바라지하느라 노후 설계를 해놓지 못한 이들은 자식들이 보내 주는 용돈으로 근근이 살아가고 있었다. 그것마저도 마지못해 보내 주는 것임을 알기에 받을 때마다 마음이 편치 않았지만, 이들에게 있어 그 돈은 생명줄과 다름없었기 때문에 받지 않을 수도 없는 노릇이었다.

'이럴 줄 알았으면 딴 주머니를 차서 돈 좀 모아 놓을 것을' 하고 후회가 간절했지만, 한숨만 늘릴 뿐이었다.

비가 부슬부슬 내리던 어느 날, 모아 둔 폐지를 고물상에 넘기고 집으로 돌아오던 이들은 혹시나 하는 허황한 기대에 이끌려 생전 처음으로 복권을 한 장 샀다.

그런데 이들의 딱한 사연을 하늘도 알았는지 그 복권이 1등의 행운을 안겨다 주었다. 자식들 도움 없이도 여생을 편안히 보낼 수 있을 만큼 엄청난 행운이었다.

이 사실은 며칠 후 자식들에게 알려졌다. 그러자 코빼기도 비치지 않던 자식들이 앞다퉈 달려와 서로 자기들과 함께 살자며 온갖 아양을 다 떨었다.

돈주머니를 보고 하루아침에 태도를 바꾸어 달려드는 자식들을 보면서 노부부는 다시 한번 실망과 서글픔을 느껴야 했다.

자식의 도리가 뭔가. 아니 인간의 도리가 뭔가. 은혜를 입었으면 그 은혜의 1/10이라도 보답을 해야 하는 것이 아닌가? 미물인 까마귀에게도 어미가 늙어서 제구실을 할 수 없게 되면 먹이를 정성껏 물어다 주는 반포(反哺)의 정이 있거늘, 하물며 만물의 영장이라고 하는 인간에게 그런 기본적인 도리와 정이 없다면 어찌 인간이라고 할 수가 있겠는가!

자식들은 효도를 놓고 계산을 할지 몰라도 부모는 자식을 놓고 계산하지 않는다. '어떻게 하면 남부럽잖은 자식으로 키울 수 있을까?' 하는 생각만이 있을 뿐이다.

이런 부모의 심정을 1/100만 헤아린다고 해도 불효는 가당치도 않은 것이다. 부모는 자식을 위해 온 정성을 쏟았는데 자식이 그 보답을 외면한다는 것은 부모와 자식 간을 떠나 인간의 도리로도 용납되지 않는 일이다.

콩 심은 데
콩 나는 법이다

✼ ✼ ✼

부모를 섬길 줄 모르는 사람과는 벗하지 말라.
그는 인간의 첫걸음을 벗어났기 때문이다. -소크라테스

부모에게 효도함은 자식에게 '너도 크거든 나에게 효도하거라' 하고
가르치는 것이 되고, 부모에게 불효함은 자식에게 '너도 크거든 나
에게 불효하거라' 하고 가르치는 것이 되니, 먼저 효도하면 반드시
효자를 두게 될 것이고, 먼저 불효하면 반드시 불효자를 두게 될 것
이다.

　분가해서 사는 장남이 있었다. 그에게는 일곱 살배기 아들이 하
나 있었는데, 아들만 금지옥엽처럼 여겼을 뿐 거동조차 불편한 나
이 든 부모에게는 생활비 조금 보내 주는 것으로 그만이었다.
　그는 부모에게는 불효자였을지 몰라도 아들에게는 참으로 좋은
아버지였다. 아들에게 쏟은 사랑과 정성은 옆에서 보기에 지나칠
정도로, 아들이 원하는 것이면 다 들어주며 지극 정성을 쏟았다.

그가 이처럼 아들을 떠받들어 키웠던 것은 은근히 아들의 효도를 바란 때문이었다. 호강시켜서 키워 놓으면 아들이 커서 자신에게도 지극 정성으로 효도할 것이라고 믿은 것이다.

그러던 어느 날, 그의 생각을 180도 뒤집어 놓은 사건이 벌어지고 말았다. 그날도 그는 아들을 근사한 음식점으로 데리고 가서 아들이 좋아하는 음식을 잔뜩 시켜 놓고 맛있게 먹고 있었다. 맛있게 먹고 있는 아들을 흐뭇한 표정으로 바라보고 있던 그가 아들의 머리를 쓰다듬으며 말했다.

"아들아, 아빠가 이렇게 맛있는 음식 많이 사 주었으니까 너도 커서 색시만 좋아하지 말고 아빠한테 맛있는 것도 많이 사 주고 용돈도 많이 주고 효도해야 한다. 알았지?"

당연히 '네' 할 것이라 기대하고 말했지만 일곱 살배기 아들이 보인 반응은 너무나 엉뚱했다.

"싫어요. 아빠도 할머니 할아버지께 효도하지 않잖아요. 나도 크면 아빠처럼 따로 나와서 살 거예요."

효심(孝心)은 하루아침에 습득되는 것이 아니다. 효도를 강요한다고 해서 효자가 되는 것은 더더욱 아니다. 효심은 오랜 세월 동안 보여 준 부모의 본(本)으로 만들어진다.

'부모 공경은 이렇게 하는 것이다' 하는 것을 몸소 행할 때 자식이 자연스럽게 효심을 이어받아 효를 행하게 된다.

불효하는 모습을 자식에게 보여주면 결코 효자를 둘 수 없다. 그것은 자식에게 '내가 늙거든 너도 나에게 불효하거라' 하고 가르치는 것이어서 자식에게 별별 호강을 다 시켜준다 해도 결과는 마찬가지다. 효도하는 모습을 본 적이 없는 자식은 부모와 떨어져 사는 것을 당연하게 여기고 그와 똑같이 행동한다.

이소크라테스는 "네 자식들이 해주길 바라는 것과 똑같이 네 부모께 행하라."라고 하였다.

또한 채근담에는 이런 문구가 있다.

"아버지가 사랑하고, 아들이 효도하며, 형이 우애하고 아우가 공경하여 비록 극진한 경지에까지 이르렀다 할지라도 그것은 모두 마땅히 그렇게 해야 하는 것일 뿐인지라, 털끝만큼도 감격스런 생각으로 볼 것이 못 되느니라. 만약 베푸는 쪽에서 덕으로 자임하고, 받는 쪽에서 은혜로 생각한다면 이는 곧 길에서 오다가다 만난 사람이니 문득 장사꾼의 관계가 되고 만다."

원하는 것을
가슴으로 해줘라

✦ ✦ ✦

하루에 한 번만 자녀의 머리를 쓰다듬어 주고 등을 다독여 주면
자녀는 부모 품을 떠나지 않는다. <니키마론>

자녀에게 좋은 옷을 입혀 주고 용돈을 많이 주려고 하기보다 관심
을 가지고 자녀 곁에 있어 주어야 한다. 부모의 관심은 그 자체로
자녀에게 큰 위안이 되고 탈선을 막는 방패가 된다. 부모의 따뜻한
관심에 싸일 때 자녀는 정서적 안정을 찾고 탈선의 필요성을 느끼
지 않는다.

　어느 가정에 밤늦게 경찰서에서 전화가 걸려 왔다. 아들이 패싸
움을 벌여 경찰서에 잡혀 왔으니 보호자가 와야 한다는 것이었다.
　전화를 받은 가장은 부아가 잔뜩 나서 부리나케 아들이 있다는
경찰서로 갔다. 똑같은 일로 경찰서에 가는 것이 벌써 다섯 번째인
그는 이번만은 가만두지 않겠다고 단단히 벼르며 경찰서 문을 밀고
들어갔다.

아들은 얼굴에 상처가 난 채 경찰관 앞에서 조사를 받고 있었다. 화가 머리끝까지 오른 그는 아들에게 달려가 멱살을 잡아 흔들며 소리쳤다.

"너 때문에 내가 창피해서 고개를 들고 다닐 수가 없어. 내가 왜 이런 망신을 당하고 살아야 하냐, 이놈아!"

그러자 아들이 멱살 잡은 손을 낚아채며 말했다.

"경찰서에 잡혀 오든 유치장에 들어가든 상관하지 마세요. 어차 피 아버지는 저 같은 놈한테 관심도 없잖아요."

"이놈이 뭘 잘했다고 말대꾸야. 내가 너에게 안 해준 것이 뭐가 있냐? 도대체 내가 어떻게 해야 정신을 차릴 거야?"

"네, 아버지는 저에게 많은 것을 해 주셨습니다. 하지만 아버지는 저에게 물질적으로만 풍부하게 해줬을 뿐 한 번도 따뜻한 관심을 베풀어주지 않으셨어요. 아버지는 아버지대로 어머니는 어머니대로 밖으로만 나돌아 저는 언제나 혼자였습니다. 사랑도 정도 없는 집 에 저는 들어가기가 싫습니다."

아들이 빌기는커녕 계속해서 말대꾸를 하자 그는 아들의 뺨을 한 대 후려쳤다. 그리고는 언성을 높여 말했다.

"이놈이 배부른 소리 하고 있네. 야 이놈아, 너는 아비 잘 만나서 호강하는 줄 알아. 집 떠나 부모 떠나 고생하며 공부하는 애들이 얼 마나 많은 줄 알아. 그런 애들도 아무 탈 없이 크는데, 집 있고 아비 어미 있는 네가 뭐가 부족해서 허구한 날 사고야?!"

자녀에게 물질적으로 부족한 것보다 더 치명적인 것은 관심이 부족한 것이다. 비록 가난하고 용돈이 부족해도 부모가 관심을 보이면 자녀는 바르게 성장해 나가지만, 물질적인 풍요를 듬뿍 누려도 부모가 관심을 주지 않으면 자녀는 한없이 비뚤어진다.

가정이 빈곤하다고 해서, 용돈이 부족하다고 해서 자녀가 비행으로 빠져드는 것은 아니다. 가정 분위기가 험악하고 삭막해서 사랑을 맛보지 못하기 때문에 가정을 뛰쳐나가 싸움질도 하고 만짓을 하게 된다. 가정에서 맛보지 못한 즐거움을 그러한 것들을 실행하는 과정에서 느껴보기 위해서 나쁜 일인 줄 알면서도 그런 행동을 하는 것이다.

진정으로 자녀를 사랑한다면 물질 대신 사랑을 쏟아야 하고, 관심을 기울여야 한다. 자녀들이 가슴으로 원하는 것은 바로 그것이다. 비록 물질적 풍요는 없어도 사랑과 관심을 듬뿍 쏟아서 정신적 풍요를 누리게 해주면 자녀는 아무런 부족함도 불만도 없이 바르고 건강하게 성장해 나간다.

물질적 호강이
때로는 독이 된다

✣ ✣ ✣

사치로 자녀를 떠받드는 것은 자녀를 사랑하기 때문이나,
그 사랑이 마침내는 자녀를 해롭게 하는 원인이 되고 만다. <이언적>

성장기의 자녀에게는 분에 넘치는 화려한 날개를 달아주지 말아야
한다. 차를 사 주고 좋은 옷을 입혀 주고 용돈을 넉넉히 주어 지나
치게 화려한 날개를 달아주면, 자신도 모르게 밖으로 뛰쳐나가고
싶은 욕구가 솟구쳐서 인생을 위해 좋은 땀을 흘려 보기가 힘들어
진다.

고3이 되도록 공부밖에 모르는 착실한 아들이 있었다. 아들은 공
부에 전력하여 부모의 기대에 걸맞게 원하는 대학에 무난히 합격하
였다. 그래서 아버지는 아들이 기특하고 사랑스러워 합격 선물로
차를 사 주고 용돈도 넉넉히 주었다.

아버지가 이처럼 아들에게 차를 사 주고 용돈을 넉넉히 주었던
것은, 그렇게 하는 것이 아들을 더 많이 사랑하는 것이라고 생각했

기 때문이다. 또 그렇게 하면 아들이 공부에 더욱더 매진할 것이라 믿었기 때문이다.

하지만, 아들은 아버지의 이러한 믿음을 철저하리만큼 외면하고 정반대로 행동하기 시작했다. 식사를 마치고 곧장 책상 앞에 앉던 아들이 차가 생기고부터는 숟갈을 놓기가 무섭게 차를 몰고 밖으로 나갔다.

차가 생긴 이후로 아들은 책상 앞은 물론 집에 붙어 있는 시간이 거의 없었다. 어디 가서 무엇을 하고 돌아다니는지 한번 나가면 밤늦게 아니면 새벽에나 들어왔다.

아들은 서서히 탈선의 길로 빠져들고 있었다. 차가 생기면서부터 새로운 친구들도 늘어났고, 거기에 여자친구까지 생기면서 급속히 타락의 길로 빠져들었다. 공부밖에 모르던 모범생 아들은 이렇게 공부와는 완전히 담을 쌓은 채 친구들과 어울려 노는 일에만 전력하고 있었다.

이러한 생활이 반복되면서 아들의 행동은 걷잡을 수 없이 난폭해져 갔다. 하루가 멀게 용돈을 요구했고, 용돈을 충분히 주지 않으면 억지로라도 빼앗아 갔다.

물질로 자녀 사랑을 표시해서는 안 된다. 성장기의 자녀에게 물질적인 호강은 독(毒)으로 작용한다. 어려서부터 좋은 옷을 입히고, 맛있는 음식만 먹이고, 사 달라는 것 다 사 주며 호강스럽게 대해 주면 자녀는 무위

도식의 경지를 깨쳐 먹고 노는 일에만 전력할 뿐 공부도 인격도야도 뒷전으로 밀어놓는다.

이것이 정녕 자식을 사랑한 것인가? 아직 공부에 전념해야 할 자식에게 차를 사 주면 어떻게 하란 말인가? 별로 돈 쓸 곳도 없는데 주머니를 두둑하게 채워주면 어떻게 하란 말인가? 필요하지도 않은데 차를 사 주고, 딱히 쓸 곳도 없는데 용돈을 넘치게 준 것이 결국은 자식을 탈선의 길로 내몰게 된 꼴이 되지 않았는가?

자녀 사랑도 좋고 자녀 귀하게 여기는 것도 좋지만 자녀가 호강병에 걸리지 않도록 해야 한다. 호강병은 불치의 병으로 이 병에 걸린 자녀는 아무짝에도 쓸모가 없다. 그 자녀가 할 수 있는 것이라곤 부모에게 도와달라고 손 벌리는 일밖에 없고, 돈 떨어지면 부모에게 떼쓸 일밖에 없다.

성은
아름답고 소중한 것이다

✦ ✦ ✦

감추면 감출수록 더욱 은밀하게 행해지는 것이
성(性)이다. <아이소푸스>

성(性)을 부끄럽게 생각하여 감추려고만 해서는 안 된다. 감추면 감출수록 은밀해지고 이상야릇해지는 것이 성이다. 자녀에게 성은 아름다운 것이고 소중한 것이라는 것을 가르쳐야 한다. 그럴 때 바른 성의식(性意識)이 싹트고 성을 아름답게 간직할 줄 안다.

다섯 살배기 아이가 엄마가 냉장고 위에 꿀단지를 얹어놓은 것을 보고 물었다.

"엄마, 그게 뭐야?"

엄마는 정직하게 알려 주면 아이가 꿀단지에 손을 댈까 봐서 "아무것도 아니야."라고 신경질적으로 대답해 줬다.

아이는 더 이상 묻지 않았지만, 궁금증을 갖기 시작했다.

'도대체 저것이 무엇이기에 가르쳐 주지 않는 것일까?'

궁금증을 참다못한 아이는 엄마가 잠깐 집을 비운 사이 확인해 보기로 했다. 아이는 식탁 의자를 끌어다 냉장고에 붙이고 올라섰지만, 의자에 올라서는 것만으로는 꿀단지에 손이 닿지 않았다. 그러자 아이는 안방에 있던 반짇고리를 가져다가 의자 위에 올려놓고 올라섰다.

까치발까지 해서 겨우 손이 닿았지만 아이는 매우 위태로워 보였다. 아이의 다리는 부들부들 떨리고 있었다. 아이는 안 되겠다는 생각이 들었는지 내려와서 궁리하는 듯하더니 이내 다시 올라갔다. 그리고는 힘주어 꿀단지를 들어 올렸다.

꿀단지를 들고 한 발을 내려놓으려는 순간 아이는 균형을 잃고 꿀단지와 함께 바닥으로 떨어지고 말았다. 내동댕이쳐진 꿀단지는 바닥에 떨어지기가 무섭게 박살 나 부엌은 마치 폭격을 맞은 듯 난장판이 되고 말았다.

겁을 잔뜩 먹은 아이는 엄마가 돌아오면 야단맞을까 봐 잽싸게 집을 뛰쳐나갔다.

부모 중에는 자녀가 성에 관해 물어 오면 수치심을 갖거나 민감하게 반응하며 "너는 아직 몰라도 돼" 하고 꾸짖기도 하는데, 이것은 매우 잘못된 것이다.

부모가 가르쳐 주지 않으면 자녀는 비정상적인 방법을 통해서 왜

곡된 성을 인식하게 된다.

우리 자녀들의 성이 흔들리고 있는 것도 이 때문이 아닌가. 마치 성을 꿀단지인 양 감추어 두고 쉬쉬하니까 점점 호기심을 갖게 되고, 호기심에 이끌려 철없는 성행위를 하는 것이 아닌가.

조기 성교육을 시키면 오히려 성에 일찍 눈을 뜰 것이라고 염려하는 사람도 있는데 그것 또한 잘못된 것이다. 성은 알아서 저질러지는 실수보다, 몰라서 저질러지는 실수가 훨씬 많기 때문에 오히려 성에 대해서 솔직하게 가르쳐 주고 어떻게 처신해야 옳은지를 가르쳐 주는 것이 철없는 성행위를 막는 데는 훨씬 효과적이다.

위의 예화에서 아이가 물어왔을 때 "이것은 꿀단지란다. 우리 가족이 아프면 먹을 거야. 떨어뜨리면 깨지니까 손대면 안 된다. 알았지, 우리 착한 아이야"라고 타일렀더라면 호기심에 이끌려 꿀단지를 깨는 일은 없었을 것처럼 말이다.

성을 수치스럽고 은밀하게 생각했던 과거와는 달리 요즘은 많이 드러내고 표현하는 개방적인 성이 되었다. 따라서 적극적이고 개방된 성교육을 통해 무지에 의해서 저질러지는 성적 불행만큼은 막아야 한다. 조기 성교육을 통해 성적 호기심을 풀어주고 자녀에게 올바른 성 의식을 심어 주어야 한다.

서로 '함께'라는
울타리 속에서 살아간다

✣ ✣ ✣

길은 가까운 데 있거늘, 사람들은 먼 데서 찾는도다.
일은 쉬운 데 있거늘, 사람들은 어려운 데서 찾는도다. 사람마다 부모를 부모로 섬기고,
어른을 어른으로 섬기면 온 천하가 화평해지거늘. <맹자>

부모의 존재를 결코 과소평가해서는 안 된다. 부모는 가정의 화목
과 자손의 번영에 지대한 도움을 주는 어른이자 집안의 중심으로서
부모가 계셔야 집안이 두루두루 편안해진다. 부모를 공경하고 따르
면 3대가 화목하고 행복해진다.

요즘 세태와는 많이 동떨어진 오래전의 이야기이다.

"그동안 우리와 함께 사느라 고생 많이 했다. 내가 너희들 살 만
한 집을 하나 장만해 놓았으니 분가해서 홀가분하게 살거라."

10년을 함께 살아온 며느리에게 시아버지가 이렇게 말했다.

"아버님, 저희 아무렇지도 않아요. 여기서 아버님 어머님 모시고
같이 살래요."

며느리는 시부모의 뜻을 선뜻 받들 수가 없어 가볍게 사양했지

만, 시부모의 의견대로 분가해서 살게 되었다.

그동안 시부모 모시느라 고생 아닌 고생을 한 그녀에게 분가는 바라고 바라던 자유였다. 이제는 꼭두새벽에 일어나지 않아도 되고, 끼니때마다 꼬박꼬박 밥 짓지 않아도 되고, 시부모 눈치 살필 필요도 없게 되었다.

아침에 일어나 부스스한 얼굴로 겨우 남편 출근시키고 아이들 학교에 보내 놓고 나면 만판 그녀 세상이 되었다.

시집살이에서 해방된 자유를 그녀는 그 안 시부모 눈치 보느라 하지 못했던 일들로 발산하기 시작했다. 낮잠도 실컷 자고, 마음대로 외출도 하고, 쇼핑도 다녔다. 또 명절 때만 갔던 친정도 하루가 멀다 하고 드나들었다.

그런데 그 자유는 시간이 흐를수록 이상야릇하게 변해 가기 시작했다. 틈만 나면 전화기 붙들고 수다나 떨고, 한가한 낮 시간에는 친구들을 집으로 불러들여 화투도 치고, 동네 아줌마들과 어울려 남들 험담도 해댔다.

돈 씀씀이도 자연 커졌다. 하릴없이 백화점으로, 할인점으로 다니면서 필요도 없는 물건을 자꾸 사들여 생활비는 적자투성이가 되었다.

그녀의 생활이 이처럼 변해 가면서 남편과도 잦은 마찰을 일으켰다. 부모를 모실 때는 어른들 때문에 싸울 일도 꾹 참고 넘어갔는데 분가하고부터는 큰소리는 물론 천박하게 욕설까지 해대며 싸웠다.

어느 날 남편과 대판 싸운 그녀는 대충 옷가지를 챙겨서 친정으로 갔다. 그녀는 친정집에 들어서기가 무섭게 한마디 했다.

"엄마, 나 이혼할 거야."

"이혼? 김 서방이 하자고 그러니?"

친정엄마가 놀란 표정으로 물었다.

"아니에요. 제가 하자고 그러는 거예요."

"뭐?"

분가하고 나서부터 이상하게 변해 가는 그녀를 못마땅하게 여기고 있던 친정엄마가 그녀의 허물을 일일이 들춰내며 꾸짖기 시작했다.

"이것아, 정신 차려! 분가하고 나서부터 네 행동이 얼마나 이상하게 변한 줄 알아? 늦잠 자느라 김 서방 아침밥도 챙겨 주지 않지, 틈만 나면 전화기 붙들고 수다나 떨어대지, 툭하면 쇼핑 나가 쓸데없는 물건이나 사들이지, 하루가 멀다 하고 친정 들락거리지, 어떤 남자가 너를 좋다고 하겠니?"

"……."

"그래, 시부모 안 모시고 하는 짓거리가 고작 그거니? 그래도 네가 시부모를 모시고 살 때는 이렇게 엉망은 아니었어. 시부모 모시느라 고생은 했겠지만 부지런하고 예의 바르고 인정 많은 너였는데, 지금은 그런 모습을 찾아볼 수가 없어."

"……!"

"1년에 한두 번이었지만 친정에 오는 네 얼굴이 그렇게 행복해 보일 수가 없었어. 김 서방과 선물 꾸러미를 들고 다정하게 들어오는 모습이 얼마나 보기 좋았는지 몰라. 그런데 지금은 어떠니? 분가한 후로 너만 뻔질나게 들락거렸지 김 서방과 함께 온 적이 있었니?"

"……!!"

"안 되겠다. 너 시댁으로 들어가 시부모님 다시 모시고 살거라."

"엄마는, 시부모님 모시는 것이 얼마나 힘든 줄 알아?"

"그까짓 몸뚱이 좀 힘들면 어때? 몸뚱이 편해 보았자 쓸데없는 생각이나 하고 쓸데없는 짓거리나 하고 다니지 별거 있어. 이혼한다는 소리도 다 편해서 나오는 거야. 계속해서 시댁에서 살았으면 너희 부부 사이에서 이혼한단 소리가 나왔겠니?"

"그래도 그건 싫어요."

"물론 시부모를 모시고 살면 불편하고 힘든 것이 한둘이 아닐 거야. 하지만 그만큼 너희들에게 좋은 점도 있어. 어른을 모시고 살게 되면 행동거지도 조심스러워지고 말씨도 공손해져 집안의 법도가 바로 서게 되고, 법도가 바로 서면 부부관계도 원만해지고 아이들 교육에도 아주 좋아. 그리고 사람은 식구가 많은 데서 살아야 정신 건강에도 좋은 법이야."

"하지만 엄마, 어렵게 분가했는데 어떻게 다시 들어가요."

"시부모를 위해서가 아니라 너희 부부, 아이들을 위해서 들어가란 말이야. 지금처럼 험하게 살다가는 너희 부부 얼마 안 가서 무슨 일 나겠어."

"엄마는 무슨 말을 그렇게 해?"

"내 눈에는 너희들 앞날이 빤히 보여서 그래. 그러지 말고 신중히 생각해 봐. 김 서방은 내가 잘 말할 테니까."

집에 돌아온 그녀는 분가한 이후에 했던 자신의 행동을 곰곰 되짚어 보았다. 늦잠, 수다, 외출, 쇼핑…… 생각이 깊어지면서 그녀는 '이게 아니었는데, 이게 아니었는데' 하면서 고개를 저었다. 스스로 생각해 보아도 자신이 이상하게 변해 있었다.

그녀는 시집살이하던 때를 떠올려 봤다. 며느리 잘 먹는 인절미라며 외출하는 날이면 꼭 사 들고 오시던 시아버지, 지나가다 예쁜 옷이 있으면 "우리 며느리한테 잘 어울리겠다"라고 하시며 손수 옷을 사 주시던 시어머니, 시부모와 함께한 날들이 힘들기는 했어도 보람도 있었고 행복도 있었다는 것을 깨닫는 순간 그녀는 다시 시댁으로 들어갈 결심을 굳혔다.

"그래, 시댁으로 다시 들어가는 거야. 나를 위해서, 그리고 우리 가족을 위해서 시부모님께 신세를 지는 거야."

단지 불편하고 힘들다는 이유만으로 부모를 외면해서는 안 된다. 부모를 모시고 산다는 것은 분명 불편하고 힘든 일이지만 그렇다고 득은 없고 실만 있는 일은 아니다. 부모와 함께 살면 고부 갈등 같은 문제가 발생하기도 하지만 집안의 화목이나 부부관계, 자녀 교육에 적잖은 이로움을 얻을 수가 있다.

날이 갈수록 이혼율이 높아지고 비행 청소년이 늘어나는 것은 분가해서 어른 없이 사는 데에도 그 원인이 있다. 정신적 지주인 부모(어른)가 없기 때문에 툭하면 부부싸움을 벌이고 툭하면 이혼하고 갈라서 가정을 무너뜨리게 되는 것이고, 그 틈바구니에서 성장하는 자녀들 또한 덩달아 줄심을 못 잡고 갈팡질팡하는 것이다

서로 불편하다는 점만 부각시켜 따로 살기를 쉽게 결정하기보다는 가정의 화목과 가족의 행복이라는 큰 목적을 위해서 함께 사는 길을 택하는 것도 지혜로운 일이다. 가족은 여타 인간관계와는 달리 핏줄로 뭉쳐 있어서 서로에게 위안이 되고 의지가 되기 때문에 여러 대(代)가 모여 살수록 어린 자녀들의 인성교육이나 가족의 정신 건강에 실질적 도움이 되고 집안 분위기 또한 밝아지게 된다.

불행의 원인은 언제나 나 자신이다.

몸이 굽으니 그림자도 구부러진다.

어찌 그림자 구부러진 것을 탓할 것인가.

나 말고 내 불행을 치유해 줄 사람은 세상에 없다.

불행은 내 마음이 만드는 것이며

내 마음만이 그것을 치료할 수 있는 것이다.

불행을 탓하기 전에 내 마음을 평화롭게 가져라.

그리하면 그대의 표정도 평화로워질 것이다.

<파스칼>

제4장

아름다운 인생을 여는
소중한 교훈

무심코 버린 하루하루가 백년인생을 망치는 근본이 되니
하루하루 최선을 다해야 한다.
앞에서 내다보면 백년인생 같지만
뒤에서 돌아다보면 한순간인 것이 인생이기 때문에
이루어 놓은 것 없고
베풀어 놓은 것 없으면
인생은 온통 후회와 한으로 얼룩진다.

인정을 베풀면
행복이 배가된다

✻✻✻

자기 자신만을 생각하고 모든 것을 자기의 이익에 귀착시키는 사람은
마음 편하게 살 수 없다.
진정으로 자신을 위하여 살려면 이웃과 더불어 살아야 한다. <세네카>

그립구나! 창공에 떠드는 새들 먹으라고 빠알간 감 몇 개 남겨 놓던
그 여유가 그립고, 보리개떡이라도 울타리 넘겨 가며 나눠 먹던 그
인심이 그립고, 숟가락만 덜컹 들고 들어가도 밥 한 그릇 마다하지
않고 내놓던 그 넉넉함이 애달프도록 그립구나!

방 하나에 다락방이 딸린 집에서 다섯 식구가 오순도순 살고 있
었다. 하나 있는 방은 부모가 차지하고 아이들 셋은 다락방에서 생
활했다.

좁다란 다락방에서 한 이불을 덮고 자며 궁색하게 살았지만, 우
애 하나만큼은 어느 집 아이들 못지않았다.

다락방에서 함께 뒹굴면서 아이들은 자기 것을 모르고 살았다.
형 물건이 동생 물건이고 동생 물건이 형 물건이라는 생각으로 모

든 것을 공유하며 살았다. 먹을 것이 생기면 다 같이 모여 나눠 먹었고, 밖에서 놀다 다른 아이들과 싸움이 벌어지면 똘똘 뭉쳐 대항하는 단결력도 과시했다.

그렇게 살아가던 어느 해, 이 가족이 넓은 아파트를 장만해서 이사하게 되었다.

아파트에는 방이 네 개나 있었는데 큰방은 부모가 차지하고, 나머지 작은방 세 개는 아이들이 하나씩 차지하게 되었다. 좁아터진 다락방에서 셋이 뒹굴다가 각방을 쓰게 되자 아이들은 좋아서 어쩔 줄을 몰랐다.

그런데 각방을 쓰면서부터 아이들에게 전에 없던 변화가 일기 시작했다. 내 것 네 것을 분명히 따지는 소유 개념이 싹터, 좋은 물건이 있으면 재빨리 자기 방에 갖다 놓았고, 먹을 것이 있으면 몰래 자기 방으로 가져가서 혼자 먹어 치웠다.

이런 행동은 날이 갈수록 심해져 점점 자기만 아는 이기적인 사람으로 변해 갔다. 빵 한 조각도 나눠 먹던 다락방 우애는 온데간데 없고, 서로 좋은 것을 차지하기 위해 다퉜고 더 많이 가지기 위해 다퉜다.

이처럼 이들 형제가 이기적으로 변해 가면서 이들 부모도 전에 하지 않았던 수고를 해야 했다. 선물을 사다 줘도 각자에게 한 가지씩 사다 줘야 했고, 먹을 것을 사다 줘도 공평하게 한 봉지씩 사다 줘야 했다. 조금이라도 자신이 손해 본다는 생각이 들면 다투는 통에 이들 부모는 항상 신경을 곤두세워야 했다.

많이 가지고 형편이 넉넉해지면 마음이 너그러워지고 인심이 후해질 것 같지만 오히려 그 반대다. 많이 가질수록 남의 도움 따위는 필요 없다면서 대문을 걸어 잠그는 인정머리 없는 사람이 되고, 사는 형편이 넉넉해질수록 오히려 내 것 네 것을 분명히 따지는 이기적인 사람이 된다.

우리 사회에 인정이 사라진 것은 이 때문이 아닐까? 보리개떡 하나라도 나눠 먹던 인심이 사라진 것도 내 것 네 것을 분명히 하기 위해 높이 쌓아 올린 담 때문이 아닐까?

나눔의 정신이 정말로 필요할 때는 못살 때가 아니라 잘살 때이다. 못살 때는 나눔의 필요성을 절실히 느끼기 때문에 자발적으로 나누면서 살게 되지만, 잘살 때는 나눔의 필요성을 전혀 느끼지 못하기 때문에 나만 잘 먹고 잘살면 그만이라는 이기주의가 고개를 쳐든다.

내가 먼저
떳떳해야 인정을 받는다

✦✦✦

자기 자신을 올바르게 할 것을 잊어버리고
타인을 바르게 이끌고자 할 때 우리는 비난을 산다. ＜S 대니얼＞

남의 얼굴에 있는 티를 찾아내려고 하기 전에 내 얼굴에 티가 없나를 살펴보아야 한다. 그래야 내 결점은 묻어 두고 남의 결점을 들춰내는 과오를 저지르지 않을 수 있고, 내 잘못을 남의 잘못으로 떠넘기는 엉뚱함을 보이지 않을 수 있다.

오래전, 지지리도 궁하게 사는 사람이 있었다. 그의 직업은 외판원이었는데, 그가 이렇게 살 수밖에 없었던 것은 직업 때문이 아니라 그의 생활 태도가 나빴기 때문이었다.

수중에 어느 정도 돈이 모이면 그것이 바닥날 때까지 그는 집에서 빈둥거렸다. 그러다가 돈이 떨어져 가면 마지못해 일을 다시 했다. 거기에다 그에게는 잘살아보겠다는 의욕도 없었고 자기실현을 위한 욕망도 없었다. 학비가 모자라 쩔쩔매는 자식을 보면서도 남의 일 보듯이 넘겼고, 가족을 행복하게 해주겠다는 생각은 아예 없었다.

어느 해 여름밤이었다. 모두들 더위를 피해 산으로 바다로 떠났지만, 그의 가족은 여느 해처럼 비좁은 방에서 선풍기와 씨름하며 지내고 있었다. 식구들이 가까운 계곡에라도 가서 잠깐 쉬었다 오자고 졸라댔지만, 그는 아무런 대꾸도 하지 않은 채 TV에만 골몰하고 있었다.

때가 때인지라 뉴스의 대부분은 피서에 관한 것이었다. 피서지의 즐거운 풍경이 화면을 통해 생생하게 보도되었는데, 그중에는 여유 있는 사람들이 해외로 피서를 떠나는 뉴스도 있었다. 해외로 나가려는 사람들로 북새통을 이루고 있는 공항의 모습과 해외의 멋진 풍경들이 화면을 통해 연달아 나왔다. 그때였다. 국내 피서에 관한 뉴스가 방송될 때는 아무런 반응을 보이지 않던 그가 해외로 피서를 떠난다는 뉴스를 보고는 벌떡 일어나 앉았다. 그리고는 TV를 향해 한마디 내뱉었다.

"저런 인간들 때문에 IMF 신세를 지게 되고 나라 꼴이 이 모양이 되는 거야, 얼빠진 것들."

자기 주제 파악은 못 하고 괜한 사람들에게 큰소리치고 있는 남편이 한심해서 아내가 한마디 했다.

"그래도 그 사람들이 무능력하고 게을러서 선풍기와 씨름하고 있는 당신보다는 나아요."

게을러서 가난한 사람은 부지런해서 부자인 사람을 비난할 자격이 없다. 무능력해서 못사는 사람은 능력 있어서 잘사는 사람을 비난할 자격이 없고, 성격이 못돼서 욕먹는 사람은 성격이 서글서글해서 칭찬받는 사람을 비난할 자격이 없다.

문제는 나 자신이다. 내가 부지런해야 게으른 사람을 비난할 수 있고, 내 능력이 좋아야 무능력한 사람을 꼬집을 수 있으며, 내 성격이 좋아야 성질 더러운 사람을 욕할 수 있다 내가 게으르고 무능력하고 성질 더러운데 누구를 비난하고 욕할 수 있겠는가?

남의 인생에 대해서 이러쿵저러쿵하기 전에 나를 바로 세우고 내 인생부터 확실하게 챙겨서 살아야 한다. 그래야 내 목소리를 높일 수 있고 세상을 향해 큰소리도 칠 수 있다. 내 인생이 떳떳해야 남이 나를 깔보지도 않고 내가 남을 깔보지도 않는다.

내 인생이 떳떳하지 않으면 공연히 남의 인생에 대해서 심술을 부리게 된다. 나보다 잘되는 사람을 보면 시기심이 생기고, 나보다 잘사는 사람을 보면 배가 아프고, 나보다 앞서는 사람을 보면 넘어뜨리고 싶어진다. 내 인생에 대한 화풀이를 도리어 남의 인생에 대고 한다.

비난의 불씨를
사전에 제거하라

나에 대한 비난을 막기 위해 집집마다 찾아가
'실은 나는 관계가 없다. 나를 헐뜯고자 하는 것이다'라고 변명을 하면
결과적으로 나에 대한 비방이 더욱 높게 될 것이다. <회남자>

먼저 비난하지 마라. 그리하면 너를 비난하는 무리는 없다. 네가 먼저 비난하지 않았는데도 비난하는 무리가 있다면 네게 어떤 허물이 있어서 그럴 것이니 참으라. 그들을 원망하고 비난하기에 앞서 네 허물이 그들에게 상처되어 날아갔는지를 살피라.

어느 동네에 평판이 나쁜 사람이 살고 있었다. 무식하고 교양이 없는 데다 성질까지 괴팍해 그는 이사 가는 곳마다 왕따 취급을 당했다. 툭 하면 시비를 걸고 주먹질을 해대는 통에 동네 사람들은 그를 아예 상대하지도 않고 따돌려 버렸다.

하지만 그는 자기 잘못을 깨닫지 못했다. 자신이 따돌림당하는 것은 자신에게 문제가 있어서가 아니라 동네 인심이 나빠서 그렇다고 생각했다. 자신은 아무런 잘못도 하지 않는데 동네 사람들이 괜

히 헐뜯고 손가락질을 해댄다고 되레 동네 사람들을 비난했다.

계속해서 동네 사람들에게 왕따를 당하자 그는 동네 자체가 나빠서 그렇다고 생각하고 다른 동네로 이사 가기로 했다. 좋은 동네로 이사 가서 살면 지금과 같은 수모는 겪지 않을 것이라고 생각했다.

이사 가던 날, 그는 이삿짐을 차에 실어 놓고 동네를 향해 이렇게 소리쳤다.

"내가 이 동네 다시 와서 사나 봐라. 이 지긋지긋한 동네 쪽에는 오줌도 싸지 않을 것이다"

그는 동네 사람들을 비난하고 떠났지만, 그가 떠나자 동네 사람들은 사고뭉치가 제 발로 떠나갔다고 시원해했다.

한편, 그가 이사 간 동네는 슬슬 시끄러워지기 시작했다. 사소한 일로 시비를 걸어 동네 사람들과 싸움을 벌이는가 하면 늦은 밤에 주사까지 부려 동네를 발칵 뒤집어 놓았다.

그가 이사 온 이후로 하루도 조용할 날이 없자 동네 사람들은 어디서 저런 망나니가 굴러들어왔냐면서 상대도 하지 않고 따돌려 버렸다.

이사 간 동네에서도 역시 인심을 잃고 왕따 취급을 당하자 그는 또 이사를 잘못 왔다고 후회했다. 자신에게 문제가 있다는 것은 여전히 깨닫지 못하고 동네 사람들을 탓하고 동네 인심을 탓하며 또다시 다른 동네로 이사 갈 궁리만 했다.

결국 그는 이사 간 지 1년도 안 되어 먼저 살던 동네를 떠날 때

내뱉었던 말과 똑같은 말을 내뱉으며 더 좋은 동네를 찾아 떠났다.

방 안의 먼지는 스스로 일지 않는다. 내가 먼저 들어가서 바람을 일으키기 때문에 먼지가 일어서 코로도 들어가고 입으로도 들어가는 것이다. 마찬가지로 비난은 스스로 일지 않는다. 내가 먼저 문제를 일으키기 때문에 손가락질도 받고 욕도 얻어먹는 것이다.

많은 사람들의 비난을 집중적으로 받는다면 자신을 냉정히 돌아봐야 한다. 세상에는 종종 이유 없는 비난도 있지만, 대부분의 비난은 이유가 있다.

비난 뒤에는 비난의 불씨가 된 잘못된 행동이 분명히 있다. 비난의 한 가운데에 내가 있으면서도, 비난받아 마땅한 사람은 자신인데도 오히려 비난하는 사람들을 원망하는 것은 자신을 더욱 고립시키는 결과를 낳는다.

이해와 용서로
상대의 마음을 얻는다

❊❊❊

용서는 깨어진 것이 다시 온전히 만들어지고
더러워진 것이 다시 깨끗해지는 것과 같이, 인간관계를 전 같이 되살리는
신비의 힘을 가지고 있다. <D. 함마슐드>

몸뚱이의 상처는 약을 바름으로써 새살이 돋아 나오고, 인간관계의
상처는 용서함으로써 새 정이 솟아 나온다. 몸뚱이의 상처를 내버
려 두면 온갖 세균이 파고 들어가 곪아 터지듯이, 인간관계의 상처
를 내버려 두면 온갖 악(惡)이 파고 들어가 원한이 더욱더 깊어진다.

비방(秘方)을 잘하기로 소문난 점집이 있었다. 그 소문은 꼬리에
꼬리를 물고 나가 각지에서 사람들이 모여들었다. 그래서 그 점집
은 각종 비방을 하러 온 사람들로 늘 문전성시를 이루었다.

옆집과 땅 문제로 원한 관계에 있던 사람이 그 점집에 대한 소문
을 듣게 되었다. 어떻게 원한을 갚을까 늘 궁리하던 그였기에 귀가
번쩍 뜨이는 소식이 아닐 수 없었다.

그는 지체 없이 그 점집을 찾아갔다. 점쟁이에게 자초지종을 말

하고 옆집 사람이 다리 병신이 될 수 있도록 비방을 해달라고 부탁했다.

대충 내막을 알게 된 점쟁이는 그에게 비법을 일러주면서 말미에 한 가지 단서를 달아주었다.

"내가 시키는 대로 하면 한 달 안에 옆집 사람이 사고를 당해서 병신이 되는데, 당신에게도 그만한 화(禍)가 미칠 수 있으니 단단히 각오하고 비방을 해야 돼."

이 말을 듣는 순간 그는 마음이 찜찜해졌다. 비방을 했다가 자신에게도 무슨 일이 일어난다면 차라리 비방을 하지 않는 것만도 못하다는 생각이 들었다.

그는 점쟁이에게 따졌다.

"그러면 옆집 사람만 병신이 되게 하는 비방을 해주면 될 것 아닙니까?"

그러자 점쟁이가 버럭 화를 내며 말했다.

"생사람을 병신으로 만들어 놓는데 당신은 무사할 줄 알았어. 선을 베풀면 선을 되돌려 받고 악을 베풀면 악을 되돌려 받는 것이 세상의 이치인데, 내가 아무리 신통한 점쟁이라지만 그것까지 어떻게 바꿔."

이해와 용서는 상대편의 마음을 살 수 있는 가장 좋은 처세술이며, 이해하고 용서할 때 마음 속에 묻혀서 빛을 잃고 있던 사랑도 되살아나고 원한 속에서 떨고 있던 정도 되살아나 원수가 친구로 돌아서고, 원한이 사랑으로 돌아선다.

자신이 먼저 이해하고 용서하면 되는 가장 쉬운 길을 놔두고 상대방이 먼저 이해하고 용서 빌기를 바라는 어려운 길을 택한다. 자신이 먼저 이해하고 용서하면 뒤틀렸던 인간관계도 제자리로 돌아오고 응어리졌던 마음도 봄눈 녹듯 사라지는 것을 상대편에게 그 역할을 떠넘겨 일을 더 복잡하게 만든다.

상대가 먼저 머리를 숙이고 용서 빌기를 바라기 전에 내가 먼저 용서해야 한다. 상대가 미우면 미울수록, 상대와 원한이 깊으면 깊을수록 용서로 거두어야 한다. 용서로 그것을 거두지 않으면 그 피해는 고스란히 내가 받는다.

틀어진 인간관계를 회복하는 데 있어서 이해와 용서만큼 좋은 것은 없다.

진실은 인간이 보존한
최고의 자산이다

✦✦✦

내 길을 비춰주고 매번 삶을 유쾌하게 직면하게끔
새로운 용기를 줬던 이상은 친절, 아름다움, 진실이었다. 인간의 노력, 소유,
외적인 성공, 사치 같은 진부한 요소들은 언제나 경멸스러웠다. <아인슈타인>

거짓으로 자신을 포장하지 말라. 거짓 없이 있는 그대로를 진솔하
게 보이는 것이 사람의 마음을 얻는 비결이다. 거짓으로 부자 행세
를 하기보다 가난하더라도 있는 그대로를 보이는 것이 사람의 마음
을 움직이는 데는 훨씬 더 낫다.

엄청난 부잣집 딸이 가난한 청년과 교제하고 있었다. 이들의 수
준 차이는 너무나 커서 도저히 어울릴 것 같지 않았지만 둘은 의외
로 잘 어울려 가고 있었다.

그녀가 이처럼 가난한 청년과 어울려 가고 있었던 데에는 진실이
한몫했다. 지금까지 여러 남성과 교제해 온 그녀였지만 진실된 남
성은 한 번도 만나보지 못했다. 모든 남성이 그녀의 환심을 사기 위
해 허풍과 과장에 거짓까지 동원하기에 바빴다. 주머니를 탈탈 털

어서 선물 공세를 해오고, 부모 차를 몰래 끌고 나와 교외로 드라이브를 시켜주면서까지 그녀의 마음을 얻으려고 애썼다.

하지만 이 청년은 그들과는 달리 자신을 속이지 않았다. 주머니에 돈이 없는 날이면 돈이 없다고 솔직히 말하고, 분식집에 가서 우동과 김밥을 먹고, 데이트 장소도 교외나 근사한 위락시설이 아니라 시내에 있는 고궁이나 캠퍼스를 택했다. 번쩍번쩍한 차를 끌고 나와 허세를 부리는 대신 버스와 전철을 이용하여 그녀를 데리고 다녔다.

좋은 집에서 좋은 음식만 먹고 좋은 차만 타고 다니며 살아온 그녀가 분식집에 가서 식사하고, 포장마차에 가서 소주를 마시고, 버스와 전철을 타고 다니는 것이 처음에는 어색했지만, 가식 없는 청년의 행동에 거부감은 없었다. 오히려 과장하지 않고 허풍 떨지 않는 청년의 진실에 마음이 끌렸다.

수단과 방법을 가리지 않고 접근해 오는 속물들에게 식상하고 있었던 그녀에게 청년의 존재는 신선한 느낌으로 다가왔고, 그래서 그녀는 굳게 닫고 있었던 마음의 문을 청년에게 활짝 열고 받아들일 수 있었다.

사람의 마음을 얻고 싶으면 마음으로부터 우러나오는 진실을 보여야 한다. 자신이 부족하고 초라하다고 여겨질수록 더욱 진실의 힘에 의지해야 한다.

사람의 마음을 움직이는 데 있어 진실 이상의 것은 없다. 꾸미거나 과장하지 않고 있는 그대로를 보이며 요지부동이던 마음도 꿈틀거리기 시작하고, 꽁꽁 얼어붙었던 마음도 서서히 녹아내리기 시작한다.

달콤한 언사와 가식적인 행위로는 껍데기는 얻을 수 있을지언정 마음은 얻지 못한다. 겉으로는 친한 척하고 따라주는 척하지만, 마음은 진실을 보일 때까지 열지 않는다. 설혹 연극에 넘어가서 마음을 주었다 해도 진실이 아닌 것이 발각되면 다시 마음의 문을 걸어 잠근다.

교육자 페스탈로치는 진실에 대해 이런 명언을 남겼다.

"당신이 지금 비록 불행한 환경에 처해 있다고 하더라도 당신의 마음이 진실하다면 아직 힘 있는 행복을 지니고 있는 것이다. 왜냐하면 진실한 마음에서만 인생을 헤쳐 나갈 힘 있는 지혜가 생겨나기 때문이다. 당신이 아무리 지위가 높고 지식이 많더라도 진실을 잃는다면 그것들은 당신의 몸에 붙어 있지 않을 것이다."

편 가르기를
하지 말라

❈❈❈

한쪽으로 기울지 않으면 분쟁은 일어나지 않는다. <아이소푸스>

섣불리 편을 가르지 말아야 한다. 편을 가르는 순간부터 분쟁이 일기 시작하고 악이 싹트기 시작한다. 아무리 중대한 것일지라도 편을 가르지 않으면 그 어떤 문제도 일어나지 않지만 아무리 하찮은 것일지라도 편을 갈라놓으면 첨예한 대립을 보인다.

무더운 여름날, 어느 작은 회사에 사장 친구가 방문했다. 몸이 뚱뚱한 그는 많은 땀을 흘리면서 사무실로 들어섰다. 그것을 본 사장이 한마디 했다.

"자네 살 좀 **빼야겠어.**"

"사돈 남 말하고 있네. 내가 보기엔 자네가 먼저 살을 **빼야겠네.** 안 그래, 김 주임?"

경리 담당 여직원이 갑작스런 질문을 받고는 멈칫거렸다. 두 사람의 몸집이 엇비슷해 사장 편을 들어주면 손님에게 실례가 될 것 같았고, 반대로 손님 편을 들어주면 사장한테 실례가 될 것 같았기 때문이었다. 멈칫거리고 있는 김 주임한테 사장이 다시 한번 물었다.

"김 주임, 괜찮으니까 솔직하게 말해봐."

사장의 재촉에 그녀는 하는 수 없이 대답했다.

"제가 보기엔 두 분 다 다이어트 좀 하셔야겠네요."

둘 다 똑같다는 그녀의 말에 사장과 친구는 서로 마주 보며 호탕하게 웃었다.

외형상 드러난 하찮은 차이를 가지고 잘난 사람 못난 사람, 예쁜 사람 미운 사람으로 편을 가르지 말아야 한다. 편을 가르면 필연적으로 우등한 쪽과 열등한 쪽이 생겨나게 되고, 열등한 쪽은 열등감에 우등한 쪽을 질투하고 시기하게 된다.

우리 주위에서 일어나는 모든 분쟁과 악은 편을 가르는 데서부터 출발한다. 사이 좋게 잘 놀던 아이들도 편을 갈라놓으면 '내 편, 네 편'하며 서로 다투고, 한마음으로 애국가를 부르던 사람들도 남쪽 북쪽으로 갈라놓으면 해묵은 감정이 고개를 쳐들 듯이, 이념 갈등도 노사 갈등도 편을 가르는 데서부터 출발된다.

모든 병은
마음먹기에 달렸다

♣ ♣ ♣

병은 미리 걱정하는 데서 생기고, 일찍 죽음은 보호를 잘못하는 데 있다.
대저 모든 병은 마음에 달렸으니,
마음에 병이 생기면 몸뚱이에도 일어난다. <김시습>

육체에 가장 큰 영향을 끼치는 것은 마음이다. 마음먹기에 따라서 병이 생길 수도 있고 생겼던 병이 나을 수도 있다. 즐거움에 파묻힌 마음은 기(氣)로 변하여 육체에 건강을 주고, 근심 걱정에 휘말린 마음은 독(毒)으로 변하여 육체에 질병을 만든다.

점심을 먹고 난 한 직장인이 잠시 틈을 이용하여 건강보험공단에서 배포된 '성인병 예방에 관한 소책자를 손에 들었다. 그 책자에는 당뇨병, 고혈압, 동맥경화증, 뇌졸중, 각종 암질환에 대해서 주요 증상과 예방법을 설명해 놓고 있었는데, 누구나 읽어보면 자가 진단이 가능할 정도로 쉽고 자세하게 기술되어 있었다.

늘 피로감과 무력감은 느꼈지만, 지금껏 병원 신세를 져 본 적이 없었던 그는 자신과는 상관없는 내용일 것이라는 생각을 가지고 당뇨병 부분을 무심코 읽어 내려갔다.

당뇨병의 정의와 원인을 읽고 난 다음 증상 부분을 읽던 그는 갑자기 심각해지기 시작했다. 책자에 적힌 당뇨병 병증(病症)이 자신의 몸 상태와 매우 흡사했기 때문이었다. '아닐 거야, 아닐 거야' 하면서 그는 처음부터 다시 읽어보았다. 그러나 읽어 내려갈수록 당뇨병일지도 모른다는 의심은 확신으로 바뀌었다.

그날 이후 그는 완전히 당뇨병 환자가 되고 말았다. 목도 바싹바싹 마르고 소변도 자주 마려웠다. 틀림없이 당뇨병 증상이었다.

당장 병원으로 달려가 진찰을 받아보고 싶었지만, 병원 가는 것을 죽기보다 더 싫어하는 그는 우선 당뇨병에 좋다는 누에 가루를 구해서 먹어보았다. 한 달이 지나도 증상은 차도를 보이지 않았다. 이대로 있다가는 병을 더 악화시킬지도 모른다는 위기감에 사로잡힌 그는 할 수 없이 그토록 가기 싫은 병원을 제 발로 찾아갔다.

검사를 마치고 나서 그는 의사와 마주 앉았다.

"선생님, 당뇨병이죠?"

"어떻게 당뇨병인지 알았소? 당신이 의사요?"

"책에 적힌 증상을 보고 알았습니다."

"명의사 한 분 또 나셨구먼. 당신이 이 자리에 앉아 내 대신 의사 노릇 좀 하시오."

"선생님, 숨기지 마시고 제 병명을 제대로 말씀해 주십시오. 각오는 이미 되어 있습니다."

"참, 딱하기도 합니다. 마음의 병에 단단히 걸렸으니…"

"마음의 병이라니요?"

"아무 병도 아니니 집에 가서 며칠 푹 쉬시오. 당뇨병이라고 생각했기 때문에 그런 증상이 일시적으로 나타난 것입니다."

백과사전이나 소책자 등을 통해 얻은 의학 상식으로 건강을 지키려고 하지 말라. 질병의 보편적 증상만을 나열해 놓은 의학 상식과 질병의 원인을 밝히고 그에 맞는 처방을 하는 의술은 분명히 다른 것으로서, 그것을 혼동했다가는 건강에 치명상을 입힌다.

단편적인 의학 상식은 어디까지나 자연 치유력이 있는 병인가 전문의의 도움을 받아야 할 병인가를 분별하는 기준으로만 삼아야 한다. 병을 구체적으로 진찰하고 치유하는 일은 의사의 몫으로 넘겨야 한다. 어설픈 의학 상식으로 의사 노릇까지 하려다가는 마음의 병에 걸려 혹독한 대가를 치르게 된다.

어떤 병과 증상이 흡사하다 하여 내가 그 병에 걸렸다고 단정 지어서는 안 된다. 모든 질병은 체질과 환경에 따라 그 증상이 달리 나타날 수 있기 때문에 어떤 병과 한두 가지 증상이 일치한다고 하여 그 병에 걸렸다고 단정 짓고 약을 지어 먹거나 민간요법을 따르는 것은 위험하기 짝이 없는 일이다.

마음과 피부는
하나다

마음을 고치면 얼굴도 달라진다.
(마음을 곱게 가지면 얼굴도 따라서 곱다랗게 되고, 마음을 악하게 가지면
얼굴도 따라서 악하게 변한다.) <한국 속담>

마음이 곧 피부다. 고운 얼굴을 갖고 싶으면 마음을 곱게 쓰면 된다.
마음과 피부는 별개의 것이 아니라 마음 상태가 그대로 배어 나온
것이 피부다. 고운 마음, 아름다운 마음을 갖고 살면 그 마음이 피
부로 배어 나와 얼굴도 스스로 고와진다.

30대 후반의 여성이 있었다. 그녀에게는 콤플렉스가 하나 있었는
데, 피부가 곱지 않다는 것이었다. 검푸르죽죽한 피부 탓에 그녀는
같은 또래의 여성들보다 나이가 더 들어 보였다. 그래서 그녀의 온
신경은 피부에 쏠려 있었다.

시간만 나면 피부관리실을 들락거리며 마사지도 하고 피부에 좋
다는 팩은 다 구해서 했다. 그런데도 그녀의 피부는 고와지지 않았
다. 매일매일 돈과 정성을 쏟는데도 피부는 항상 그대로였다.

'어떻게 하면 고운 피부를 가질 수 있을까?' 하고 늘 고민하던 그녀에게 그 고민을 해결해 줄 구세주가 나타났다. 구세주는 다름 아닌 바로 옆집으로 이사를 온 새댁이었는데, 아주 고운 피부를 갖고 있었다. 우윳빛이 감도는 뽀얀 피부는 그녀의 부러움을 사기에 충분했다.

그녀의 온 신경은 그 새댁에게 쏠렸다. 옆집 여자가 고운 피부를 유지하고 있는 것은 남들이 하지 않는 그녀만의 특별한 비법이 있을 것이라고 여겼다. 그리고 그 비법을 알아내서 그대로만 하면 자신도 고운 피부를 가질 수 있지 않을까 생각되었다.

그녀는 새댁의 일거수일투족을 살펴보기 시작했다. 화장품은 물론 비누 종류까지도 꼼꼼하게 살폈다. 육식을 주로 하는지 채식을 주로 하는지, 낮잠은 자는지 안 자는지, 세수는 더운물에 하는지 찬물에 하는지도 살폈다.

그렇게 한 달을 꾸준히 살펴봤지만, 그녀가 발견할 수 있는 특별한 비법은 한 가지도 없었다. 그 흔한 팩 한 번 하는 것도 못 봤고, 화장품도 간단한 기초 화장품만 썼다. 전혀 가꾸지도 않는데 어떻게 저렇게 고운 피부를 갖고 있는지 좀처럼 이해가 가지 않았다. 그녀는 궁금증을 참다못해 직접 물어보기로 했다.

"피부를 어떻게 관리하기에 그렇게 고와요?"

새댁은 쑥스러운 듯 옅은 미소를 띠며 말했다.

"특별히 하는 것 없어요"

"그러지 말고 가르쳐 줘요. 우리 같이 합시다."

"무슨 비법이 있겠어요. 그런데 이런 말을 해서 어떨지 모르겠지만, 그 집에서는 매일 언짢은 소리가 나고 우리 집에서는 매일 웃음소리가 나는 것이 차이가 아닐까요?"

순간 그녀의 얼굴이 벌겋게 상기되었다.

피부 관리는 마음 관리, 건강 관리부터 시작해야 한다. 마음을 잘 쓰고 몸을 건강하게 만들어 놓아야 화장품을 바르든, 팩을 하든 그 효과가 있는 것이지, 마음과 건강이 받쳐 주지 않으면 피부에 좋다는 것 다 해도 고와지지 않는다.

피부 관리를 한답시고 아까운 시간 소비하고 돈 들일 것 없다. 무엇을 한다 해도 마음을 악하게 쓰면 아무 소용이 없다. 악한 마음을 품고 악하게 살면 그것이 그대로 피부로 배어 나와 검푸르죽죽하게 죽어 버리고 만다.

화장품보다 더 좋은 것은 고운 마음씨이고, 팩보다 더 좋은 것은 건강이다. 고운 마음 즐거운 마음을 갖고 살면 그 마음이 피부로 배어 나와 화장품을 바른 것보다 더 고와지게 되고, 고른 영양 섭취와 알맞은 운동으로 몸을 튼튼하게 만들면 그 에너지가 피부로 배어 나와 훨씬 더 탄력을 갖게 되는 것이다.

내 눈의 사각지대는
자신이다

✦✦✦

자기가 온 동네 얘깃거리가 되고 있음을
자신은 모른다. <오비디우스>

내 눈의 사각지대는 나 자신이다. 나는 나를 가장 잘 볼 것 같지만 아이러니하게도 나는 나를 가장 못 본다. 남의 결점은 티끌만 한 것도 찾아내면서 내 결점은 바위만 한 것도 찾아내지 못하는 것이 어이없게도 내 눈이다.

애지중지 키운 딸을 시집보냈다. 친정엄마는 딸을 시집보내 놓고 많이 걱정했지만, 운이 좋은 건지 제 복을 잘 타고나서 그런지 딸은 호강에 받쳐 살았다. 시집가자마자 들어온 가정부 덕분에 딸은 거의 손에 물을 묻히지 않고 살았다. 거기에다 툭하면 외식을 했고, 백화점을 하루가 멀다고 들락거렸다.

이처럼 딸이 시집가서 귀부인처럼 살자 친정엄마는 동네 사람들에게 자랑하고 다녔다. 만나는 사람마다 붙들고 '우리 딸 시집 잘

갔다고 입에 침이 마르도록 자랑을 했다.

딸을 시집보낸 이듬해, 이번에는 아들을 장가보냈다. 유복한 집 안에서 곱게만 자란 며느리는 시집오자마자 가정부를 들이자고 아들을 졸라댔다.

이 사실을 시어머니가 알고 펄쩍 뛰었다.

"네가 손이 없냐, 발이 없냐? 턱없는 소리 말아라."

며느리는 살림에는 도통 관심이 없고 툭하면 아들을 졸라 외식을 하고, 쇼핑하고 멋 부리기에 바빴다.

며느리의 이런 행동을 매우 못마땅하게 여긴 시어머니가 외출하려는 며느리를 불러 세워 놓고 꾸짖었다.

"네가 도대체 살림하는 여자냐? 시집가서 이렇게 살라고 너희 부모가 가르치더냐?"

시어머니는 '우리 딸 시집 잘 갔다'고 자랑을 하고 다니는 한편으로 '우리 며느리 잘못 들어왔다'고 며느리를 헐뜯고 다녔다.

자신을 보기가 이렇게 힘든 것이다. 제3자의 입장에서는 딸과 며느리가 똑같다는 것이 확연히 보이는데 당사자인 시어머니는 그것을 전혀 보지 못하는 것이다.

사람에게는 두 개의 눈이 있다. 외부 세계를 볼 수 있는 '얼굴의 눈'과 자기 내부를 볼 수 있는 '의식의 눈'이 그것이다. 이처럼 사람에게는 두 개의 눈이 있지만, 대부분의 사람들이 전자의 눈만을 활용한다. 얼굴의 눈만 가지고 외부 세계만 바라보려 할 뿐 의식의 눈을 뜨고 자신을 보려는 노력은 따로 하지 않는다.

자기모순을 극복하고 자기 결점을 찾아내어 고쳐 살기 위해서는 가끔씩이라도 의식의 눈을 떠야 한다. 의식의 눈은 자신을 떠나 자신이 어떤 행동을 하고 있는지를 볼 수 있는 제2의 눈으로서 의식의 눈을 떠야 자기 결점이 보이고 자기모순이 보인다.

의식의 눈을 뜨지 못하면 자신을 보지 못한다. 얼굴이 눈을 아무리 크게 뜨고 있어도 의식의 눈이 감겨 있으면 자신에게 어떤 모순이 있는지, 자신의 결점이 무엇인지 전혀 알지 못한다. 설령 타인들이 모순을 지적해 주고 결점을 지적해 주어도 의식의 눈이 감겨 있으면 그것을 받아들이지 못한다.

나와 남을 일체로 보고
행동하라

❋ ❋ ❋

내게 이로운 것은 남에게도 이롭고,
내게 해로운 것은 남에게도 해롭다. <실러>

이기심을 버려야 한다. 남이야 어찌 되든 나만 잘 먹고 잘살면 된다
는 극도의 이기주의가 이중 잣대로 세상을 바라보게 하고 이중인격
으로 사람을 대하게 만든다. 이기주의는 모든 불행의 씨앗으로 모
두를 안타깝게 하고 모두를 불행하게 만들 뿐이다.

각종 강연회에 참석하여 강의하는 명강사가 있었다. 그는 주로
자녀 교육에 관한 강의를 했는데, 강의 내용은 많은 학부모들을 감
동시켰다.

"학부모 여러분! 사랑하는 자녀에게 공부만 강요하지 마십시오.
자녀가 죽도록 공부하기 싫어하면 그의 적성에 맞는 일을 찾아 주
십시오. 공부 잘하는 사람만이 출세하는 세상은 아닙니다. 그리고
꼭 명문대에만 진학시키기 위해서 자녀들을 들볶지 마십시오. 명문

대 나왔다고 해서 성공된 인생이 보장되는 것은 결코 아닙니다. 자녀의 능력에 맞추어 진학하도록 하십시오. 요즈음 전문대도 얼마나 인기가 높습니까?"

그의 강의를 들은 학부모들은 고개를 끄덕였다. 그리고 많은 학부모가 강의 내용대로 하겠다는 결심도 했다.

그러나 강의를 한 그 자신은 그렇지 못했다. 그에게도 고3 아들이 있었는데, 그는 집에만 들어오면 아들에게 공부를 강요하며 명문대에 들어가야 하다고 세뇌를 시켰다. 그의 명문대 타령에 잔뜩 스트레스를 받은 아들이 하루는 질문을 해왔다.

"아버지, 아버지는 강연회에 나가서 강의하실 때는 명문대 진학만을 고집하지 말라고 하시면서 왜 저에게는 명문대에 들어가야 한다고 강요하시는 겁니까?"

자신의 이중성에 놀랄 법도 한데, 그는 태연하게 이렇게 대답해 주었다.

"그것은 다 너의 장래를 위해서란다. 명문대를 나와야만 사람 행세를 하며 살아갈 수 있단다. 봐라, 높은 자리에 있는 사람들 대부분이 명문대 출신이잖니?"

나와 남을 항상 일체로 보고 행동을 해야 한다. 그리하여 내가 되는 것은 남도 된다고 생각하고, 내가 안 되는 것은 남도 안 된다고 생각해야 한다.

조금은 어렵고 조금은 적응하기 힘들겠지만 나를 위하는 만큼 남을 위하며 살아야 위선에서 벗어날 수 있다.

나와 남이 달라 보일 때 자신도 모르게 위선의 행동으로 나간다. 자신은 편안히 있으면서 남에게는 희생하라고 외쳐대고, 자신은 상전 행세를 하면서 남은 종처럼 부려 먹으려 하고, 자기 자식은 명문대 보내면서 남의 자식에게는 전문대도 좋다고 위선을 부리게 된다.

사람의 행동에는 안과 밖이 없어야 한다. 집 안에서의 행동과 밖에서의 행동이 한결같아야 하고, 낮에 하는 행동과 밤에 하는 행동이 한결같아야 한다. 그 차이가 정도를 넘으면 위선자가 되고, 그 차이가 극과 극을 달리면 꼼짝없이 이중인격자가 되고 만다.

한결같이 행동하라.

고대 로마의 키케로는 "모든 악행 중에서 위선자의 악행보다 더 비열한 것은 없다. 그는 가장 위선적인 순간에 가장 고결한 체하려고 조심한다."라고 했다.

상대의 고통을
과소평가하지 말라

***

말로 백 번 위로하는 것보다
그와 함께 고통을 나누는 것이 더 큰 위로가 된다. <프랭클린>

'좀 힘들겠지' 하는 추측으로 상대의 고통을 과소평가해서는 안 된다. 고통은 몸소 겪어보지 않고서는 그 정도와 깊이를 도저히 가늠할 수 없다. 눈으로 보아서 느끼는 고통은 실제 고통의 1/5도 안 되고, 귀로 들어서 느끼는 고통은 실제 고통의 1/10도 안 된다.

일요일만 되면 잠만 자는 가장이 있었다. 일주일 동안 쌓인 피로를 풀고 부족한 수면을 보충하기 위해 일요일을 거의 잠을 자고 쉬는 데 이용한 것인데 아내는 그것을 이해하지 못하고 요란하게 바가지를 긁어댔다.

"아유 지겨워. 다른 남편들은 일요일만 되면 식구들 데리고 산으로 강으로 가는데, 왜 당신은 일요일만 되면 병 걸린 닭처럼 맥을 못 추고 잠만 자요?"

"여보, 나 피곤해. 제발 내버려 둬."

"밤에 그만큼 잤으면 됐지, 그렇게 자고도 또 잠이 와요?"

"당신은 집에서 생활하니까 밤에 자는 것으로 충분하겠지만 난 직장에 다니잖아."

"당신 혼자만 직장 다녀요. 옆집 남자들 직장 다녀도 팔팔하기만 하데요."

"직장인이라고 다 같은 줄 알아. 출퇴근 때 복잡한 지하철에서 시달려야지, 밤 10시까지 야근해야지, 매일 파김치가 된다구."

"당신이 게으르고 식구들에게 관심이 없어서 그렇지, 조금만 부지런하고 식구들에게 애정이 있으면 이러지 않을 거예요."

부인의 이런 잔소리는 일요일만 되면 어김없이 되풀이되었다.

그러던 어느 날, 집안에 생긴 송사(訟事)로 아내가 아침 9시까지 법원에 갈 일이 생겼다. 마침 남편 직장이 그 부근에 있어서 아내는 출근하는 남편을 따라나섰다.

낮 시간에는 종종 지하철을 이용해 봤지만, 아침 출근 시간에 지하철을 이용하는 것이 처음인 아내는, 구름처럼 몰려드는 지하철 승객들을 보고 놀랐다. 낮 시간과는 달리 승강장을 가득 메운 승객들을 보니 지하철을 타기도 전부터 숨이 막히고 가슴이 답답해져 왔다.

걱정스런 마음을 안고 남편을 따라 열차 안으로 들어갔다. 지하철 안은 제대로 서 있기조차 힘들었다. 사람과 사람이 맞부딪쳐 가습이 으스러지는 것 같았고, 승객들이 내뿜는 체취에 숨조차 제대로 쉴 수 없었다. 깨끗이 닦아 신고 나온 하이힐은 승객들 발에 이리 밟히고 저리 밟혀 엉망이 되었고, 땀이 비오듯 흘러 속옷이 흠뻑 젖었다.

너무나 고통스럽고 갑갑해서 어쩔 줄을 모르고 있는 아내에게 남편이 귀에 대고 속삭였다.

"힘들지, 두 정거장만 더 가면 되니까 조금만 참아."

자기 고통스러운 것만 생각하다가 남편 얼굴 한번 쳐다보지 못한 아내는 그제서야 남편의 얼굴을 바라보았다. 남편은 손잡이를 굳게 잡은 채 땀을 뻘뻘 흘리고 있었다.

손수건을 겨우 꺼내 남편 얼굴을 닦아주던 아내는 울컥 눈물이 쏟아지려고 했다. 땀에 흠뻑 젖어 있는 남편이 측은해서 제대로 바라볼 수가 없었다.

"내 남편이 매일 이런 차를 타고 다니면서 우리 가족을 위해 돈을 벌어다 주고 있구나! 난 그런 줄도 모르고 일요일에 잠만 잔다고 바가지를 긁어댔으니……."

지하철에서 몹시 시달린 아내는 집에 들어오자마자 몸살로 드러누워 버렸다.

저녁 늦게 퇴근해서 돌아온 남편에게 아내가 말했다.

"여보, 미안해. 당신 힘든 줄도 모르고 바가지만 긁어대서. 당신이 그렇게 힘들게 직장에 다니는 줄 정말 몰랐어. 당신 고통 이제라도 알았으니까 다행이고, 앞으로는 절대 바가지 긁지 않을게. 그리고 한 가지 약속할게. 일요일 오전은 무조건 잠자는 시간으로 하기로."

그날 이후 아내의 잔소리는 완전히 사라졌다. 아내는 약속대로 일요일만 되면 남편이 푹 잘 수 있도록 아이들을 내보내고 조용하게 만들어 주었다.

상대를 진정으로 이해하기 위해서는 상대가 겪고 있는 고통을 함께해봐야 한다. 상대의 고통을 100퍼센트 알아내야 상대를 100퍼센트 이해할 수 있다. 상대의 고통을 완전히 알지 못하고서는 상대의 처지를 도저히 이해하지 못한다.

출퇴근하는 일이 얼마나 힘든지 알고 싶으면 출근하는 남편을 한번 따라가 보면 된다. 여러 날 해볼 것 없이 딱 하루만 그렇게 해보면 남편이 지쳐 있는 이유를 알게 된다.

몇십 년을 부부로 산다고 해도 옆에서 지켜보기만 한다면 결과는 마찬가지고, 평생을 친구로 붙어 지낸다고 해도 그저 만나서 술잔만 기울인다면 이 또한 마찬가지다.

절망에 빠졌을 때는
꾸지람하지 말라

✦✦✦

한 마디의 슬기롭고 바른말을 듣는 것이,
만 명의 병력을 얻는 것보다 낫다. <회남자>

절망에 빠졌을 때는 하찮은 말 한마디에도 신경이 곤두서고 걷잡을
수 없게 된다. 또 절망에 빠졌을 때 지나치게 꾸짖고 질책을 하는
것은 영원히 구제될 수 없는 구렁텅이로 몰아넣는 결과를 가져온다.
따라서 절망에 빠졌을 때는 꾸지람의 말보다는 위로의 말이 절망을
이겨낼 수 있는 원동력이 되는 것이다.

몇 해 전에 우리 동네에 큰 집을 사서 이사를 온 부잣집 주부가
있었다.

40대인 이들 부부를 보며 이웃 사람들이 부러운 시선을 보냈다.
어느 날 나는 그 주부와 이야기를 나눌 기회가 있어서 어떻게 해서
이렇게 많은 돈을 벌었느냐고 질문해 보았다. 그랬더니 그녀는 다
음과 같은 이야기를 해 주었다.

"저는 시골에서 동네 사람들이 깡패라고 손가락질하는 사람(지금의 남편)과 결혼을 했어요. 그래서 우리는 동네 사람들의 눈을 피하기 위해 돈 몇 푼 들고 서울로 무작정 올라왔어요. 서울에 올라오긴 했으나 돈이 없었기 때문에 산동네에 판잣집 한 칸을 얻었지요. 옷을 넣을 수 있는 장롱도 없어서 사과 상자에 옷을 넣어 두고 살았지요. 그리고 부엌살림이라고 해봐야 밥그릇 두 개, 냄비 하나, 숟가락 두 개뿐이었어요. 남편은 배운 것도 없고, 그렇다고 기술을 가진 것도 없었기 때문에 처음엔 봉제 공장 잡부로 들어가 일을 하기 시작했어요. 그러나 난폭한 성격 탓에 조용히 남의 공장 잡부로 일을 하기란 여간 힘들었던 것이 아니었지요. 그럴 때마다 나는 남편을 달랬어요. '여보, 걱정하지 말아요. 당신은 집에서 푹 쉬어요. 내가 나가서 일할게요.'라고 위로를 하였어요. 그리고 나는 도매점에 가서 양말을 사다가 길거리에서 팔았어요. 이 광경을 지켜보고 있던 남편은 집에서 놀 수만은 없었나 봐요. 제가 안쓰러웠는지 남편은 다시 봉제공장에 나갔어요. 물론 싸움도 하지 않고 잘 참고 열심히 다녔어요. 그 결과 남편은 봉제 기술을 익혀서 지금은 동대문에서 큰 공장을 운영하는 사장이 되었고, 돈도 많이 벌고 있어요."

이처럼 현명하고 지혜로운 여성이 또 있을까. 보통 사람들 같았으면 남편이 그렇게 행동했다면 부부싸움은 말할 것도 없고, 이혼하자고 한

바탕 소동이 벌어졌을 것이다.

만약 위에서 말한 주부가 남편이 직장을 그만두고 집에 들어왔을 때 야단치고 바가지를 긁었다면, 그 남편은 영원히 구제될 수 없는 사람이 되었을지도 모른다. 그 남편에게는 아내의 위로의 한 마디가 절망을 이겨내고 용기를 갖고 일어설 수 있었던 원동력이 되었던 것이다.

이처럼 절망에 빠졌을 때는 꾸지람의 말보다는 위로의 말 한마디가 절망을 이겨낼 수 있게 만들고 아울러 용기를 가져다주는 것이다. 그리고 절망에 빠졌을 때 꾸짖는 것은 한 인간을 타락하게 만들고, 반대로 위로하는 것은 한 인간을 구제하는 결과를 가져다준다.

"절망하지 말라. 비록 그대의 모든 형편이 절망할 수밖에 없다 하더라도 절망하지 말라. 이미 일이 끝장난 듯싶어도 결국은 또다시 새로운 힘이 생기게 된다."

프란츠 카프카의 말이다.

자랑은 흉을 숨기려는
수작에 불과하다

✤✤✤

나는 결코 저 잘난 체하는 사람들을 동정하지 않는다.
그들은 스스로 위안을 받는다고 생각하기 때문이다. <G.엘리어트>

자랑을 늘어놓지 말아야 한다. 자랑거리는 한 달에 하나 생기기도
힘들지만, 흉거리는 툭하면 생기기 때문에 자랑거리는 흉거리가 생
길 때를 대비하여 묻어 두어야 한다. 자랑을 너무 많이 해놓으면 흉
이 생겼을 때 몸을 숨길 곳이 없어진다.

　스스로를 괜찮은 사람이라고 자처하는 젊은 여성이 있었다.
　어느 날, 그녀는 길거리에서 사주 관상을 보아주는 할아버지를
발견하고 멈춰 섰다. 지금까지 한 번도 점을 본 적이 없었지만 결혼
할 나이도 가까워졌고, 또 앞으로의 인생이 어떨까 궁금하기도 해
서 할아버지 앞에 쭈그리고 앉았다.
　할아버지는 그녀의 얼굴을 유심히 뜯어보더니 손바닥을 내밀라
고 했다. 고개를 갸우뚱거리며 손금을 살피던 할아버지는 다시 그

녀의 생년월일시(生年月日時)를 묻더니 책을 뒤적거리기 시작했다.

한참이 지난 뒤에 할아버지는 입을 열었다.

"애인 있어요?"

"네, 3년 사귀었어요."

"결혼은 서른 살 넘겨서 해야 좋아."

"왜 그래요?"

"아가씨 사주에 남자 셋이 들어 있어. 일찍 시집가면 남편을 세 번 바꾸게 될 거야."

그녀는 갑자기 얼굴이 굳어졌다.

"할아버지가 혹시 잘못 본 거 아니에요?"

"잘못 보긴 뭐가 잘못 봐. 사주팔자에 그렇게 나와 있는데."

서둘러 자리를 털고 일어선 그녀는 집으로 돌아오는 내내 기분이 언짢았다. 자기 팔자에 남자 셋이 있다는 해괴한 점괘가 도저히 믿어지지 않았다.

다음날, 그녀는 할아버지의 사주풀이가 잘못됐을 수도 있다고 생각하고 다른 점쟁이를 찾아가 점을 한 번 더 보았다. 그러나 이번 점괘도 비슷하게 나왔다. 괜히 점을 보았다는 후회와 함께 그래도 미덥지 못해 혹시나 하고 다른 곳에 가서 다시 또 보았지만, 해석이 좀 다르긴 했어도 결과는 엇비슷했다. 그러자 '시집 좀 늦게 가면 되지 뭐'라면서 체념한 그녀는 해괴한 점괘가 알려질까 두려워 입을 굳게 다물었다. 이 사실이 새어나가면 시집가는 데 장애가 될 수도 있다고 생각하고 남자친구에게도 비밀로 했다.

그녀는 점 본 것을 크게 후회하며 다시는 점을 보지 않겠다고 다짐했지만, 그 다짐은 한 달을 넘기지 못했다. 족집게 점쟁이가 있다는 소문을 듣고는 참지 못하고 또 점쟁이를 찾아갔다.

이번에도 틀림없이 지난번과 비슷한 점괘가 나올 것이라 생각하고 담담하게 기다렸는데, 잠시 후 나온 점괘는 뜻밖이었다. 앞의 점괘들과 180도 달랐다.

"아가씨, 참 복도 많이 타고났네. 아가씨는 먹을 복을 많이 타고나서 벌거벗고 나가도 굶어 죽지는 않아. 어떤 남자가 데려갈지는 몰라도 복덩어리 데려가는 거야."

"아닌데요. 다른 곳에서는 그 반대로 말하던데요."

"그 사람들이 잘못 본 거야."

"그럼, 저 일찍 결혼해도 괜찮아요?"

"그럼, 괜찮지."

순간 그녀는 날아갈 듯이 기뻤다. 너무 기분이 좋은 나머지 복채를 두 배로 얹어 주었다.

점집에서 나오자마자 그녀는 남자친구에게 전화를 걸어 자랑을 늘어놓기 시작했다.

"자기야, 오늘 나 점 봤는데, 나더러 복이 많은 여자래. 나 데리고 가는 남자는 복덩어리 데리고 가는 거래. 그러니까 앞으로 잘 알아 모셔. 알았지?"

그녀의 자랑은 거기서 그치지 않았다. 다음 날 친구로부터 전화가 걸려오자 기다렸다는 듯이 자랑을 늘어놓았다.

"이 몸이 복덩어리라는 것 아니냐. 어제 점 봤는데, 글쎄 내가 먹을 복을 많이 타고나서 벌거벗고 나가도 굶어 죽지 않는다지 뭐니."

그 후로도 그녀의 자랑은 계속되었지만, 앞에 나온 여러 번의 나쁜 점괘에 대해서는 입도 뻥긋하지 않았다.

자랑의 속성은 이런 것이다. 아홉 가지 잘못된 것을 감추고 한 가지 잘된 것을 떠벌리는 것이 자랑이고, 아홉 가지 잘못된 것을 한 가지 잘된 것으로 만회해 보려는 수작이 바로 자랑이다.

자랑거리가 있으면 들추지 말고 입 다물고 있어야 한다. 남들이 먼저 알아채고 칭송할 때까지 세상에 공표하지 말아야 한다. 진정한 자랑거리는 내 입에 의해서 들춰지지 않고 남의 입에 의해서 먼저 들춰진다. 내가 말 잔치를 벌이기 전에 남들이 먼저 알아주고, 내가 소문을 내기 전에 남들이 먼저 소문내 준다.

똑같은 자랑거리라도 내 입에 의해서 들춰지느냐 남의 입에 의해서 알려지느냐에 따라서 그 가치는 하늘과 땅 차이가 난다. 내 입에 의해서 들춰지면 하찮은 자랑거리로 눈총을 받지만 남의 입에 의해서 전해지면 훌륭한 자랑거리로 박수를 받는다. 세상 사람들은 겸손한 자랑만을 자랑으로 여기기 때문이다.

지나친 호의는
오히려 의심을 낳는다

✦✦✦

멋진 이야기치고 전적으로 사실인 이야기는 드물다. <S. 존슨>

물고기를 잡기 위해서 낚싯바늘에 물고기가 좋아하는 미끼를 다는 것처럼, 사람을 속이기 위해서도 미끼(유혹)를 던지는 것이다. 그러므로 상대방이 이유 없이 호의로 나올 때는 한 번쯤 의심해보아야 한다.

어느 휴일, 한 여성이 밀린 회사업무를 처리하고 건물 지하 주차장으로 내려와 차를 타려는데 조금 전까지 멀쩡하던 앞 타이어가 바람이 빠져 있었다. 한 번도 타이어를 교환해 본 적이 없는 그녀로서는 어떻게 할 줄 몰라 안절부절못하고 있었다.

그때 마침 한 남자가 여자의 차 근처로 다가오더니 부탁하지 않았는데도 "제가 도와드리겠습니다."라고 하면서 타이어를 교체하기 시작했다. 여자는 그 남자가 고마워서 보답하는 뜻으로 타이어를 교환하고 나면 식사라도 한 끼 대접해야겠다고 마음먹고 있었다.

타이어 교체를 마친 남자는 타이어가 제대로 끼워졌는지 확인해 보겠다고 자동차 키를 달라고 하였다. 여자는 의심하지 않고 키를 건네주었다. 그 남자는 차 시동을 걸고 앞뒤로 왔다 갔다 하면서 테스트해 보는 척하더니 차를 몰고 쏜살같이 달아나 버렸다.

우리가 생활하는 가운데 경계해야 할 것은 바로 달콤한 '유혹'이다. 사람의 육체가 약물에 의하여 마취되는 것처럼, 정신은 바로 유혹에 의해 마취되어 많은 피해를 당한다. 그런데 이 유혹은 가장 화려한 모습으로 다가오기 때문에 여간 경계를 하지 않으면 빠져들고 만다.

자기 자신에게 호의적인 태도를 보이는데 싫어할 사람은 한 사람도 없을 것이다. 이것이 바로 인간의 허점이기도 하다. 그래서 사기를 치거나 사람을 헤치는 범인들은 바로 인간의 이러한 허점에 정곡을 찔러(유혹하여) 사람을 궁지에 몰아넣는 것이다.

상대방이 이유도 없이 지나칠 정도의 호의적인 태도로 나오면 한 번쯤 의심해보고 경계하여야 한다. 또 상대방이 나를 지나치게 과대평가를 해 줄 때도 의심을 해보아야 한다. 누가 비싼 밥 먹고 아무런 목적도 없이 상대방에게 접근하여 좋게 대해 주겠는가. 무슨 목적이 있으니까 그 목적을 달성하기 위해서, 그 미끼로 최대의 호의를 베푸는 것임을 잊지 말아야 한다.

하루 착한 일을 행하면

복은 비록 곧 나타나지 않으나 화는 스스로 멀어질 것이요,

하루 악한 일을 행하면

화는 비록 곧 나타나지 않으나 복이 스스로 멀어질 것이니라.

착한 일은 봄 동산의 풀과 같아서

그 자라는 것이 보이지 않으나 날마다 더하는 바가 있고,

악한 일은 칼을 가는 숫돌과 같아서

닳아 없어지는 것이 보이지 않으나 날이 갈수록

닳아 없어지는 것과 같다.

<명심보감>

제5장

꿈은 크게
삶은 지혜롭게

새벽이 열렸다. 세상이 열리고 인생이 열렸다.
어제의 삶이 좋았다면 오늘 한 번 더 밀어 보고
어제의 삶이 후회스러웠다면
오늘만큼은 후회스럽게 살지 말자.
지금까지 잘못 살아온 인생을 어찌할 것인가?
이루어 놓은 것도 없이 꿈도 야망도 모두 잃고
맥없이 주저앉아 있는 인생을
또 어찌할 것인가?

욕심의 노예가
되지 말라

자기가 지닌 것을 충분하고 적당한 부(富)라고 생각하지 않는 자는
비록 세계의 주인이 되더라도 불행하다. <에피쿠루스>

욕심이 인다고 그것을 다 채워 주려 하지 마라. 욕심은 구멍 난 주머니 같은 것이고 밑 빠진 독 같은 것이다. 뚫린 주머니에 동전을 넣어봤자 돈이 모일 리 없고, 밑 빠진 독에 물을 부어보았자 채워질 리 없듯이 죽는 날까지 발버둥을 쳐도 욕심은 다 채워지지 않는다.

결혼한 지 10년이 넘어서야 겨우 15평짜리 아파트를 장만해서 이사한 사람이 있었다. 세간도 얼마 되지 않는 데다 친구 세 명이 와서 도와주었기 때문에 이사는 금방 끝났다.

이삿짐 정리까지 대충 끝내 놓고 집 내부를 찬찬히 살피던 한 친구가 말을 꺼냈다. 그는 아직도 집 장만을 하지 못한 친구였다.

"너는 좋겠다. 방도 두 개나 되고 거실까지 있으니, 나도 빨리 이런 집 사서 이사해야 하는데…"

그러자 25평짜리 아파트에서 살고 있는 친구가 말했다.

"이 정도는 네 식구 살기엔 너무 좁아 보여. 최소한 32평에서는 살아야지."

이번에는 부자 부모들 둔 덕으로 45평짜리 아파트에서 살고 있는 친구가 말했다.

"내가 말이야, 70평짜리 아파트를 구경해 본 적이 있는데 정말 넓고 좋더라. 방도 5개나 되고 거실도 완전히 운동장이야. 내가 지금 그런 집으로 이사 가려고 우리 아버지 조르고 있으니까 조금 있으면 너희들도 구경하게 될 거야."

많이 가지면 그만큼 욕심이 줄어들 것이라고 생각하는 것은 어리석다. 욕심냈던 것을 수중에 넣으면 더 이상 가지고 싶은 것이 없을 것이라고 생각하는 것 또한 어리석다.

고무신을 신던 사람이 운동화를 신으면 그것으로 만족해할 것 같지만 막상 운동화를 신고 있으면 구두를 신겠다는 욕심이 고개를 쳐든다.

욕심나는 것을 얻어서 욕심을 채우려고 하는 것은 부질없는 일이다. 그것은 타는 불에 기름을 끼얹는 것과 같아서 욕심을 더욱더 고조시킬 뿐이다. 욕심이 수그러들지 않은 것은 욕심나는 것을 얻지 못해서가 아니라 만족을 하지 못하기 때문이다. 만족을 모르고 끝

없이 매달리고 집착하기 때문에 욕심이 기하급수적으로 늘어나는 것이다.

욕심의 노예가 되지 않기 위해서는 자신이 생각했던 것의 80퍼센트만 충족되면 '됐어' 하고 만족해야 한다. 스스로 만족을 해야 욕심에 제동이 걸려 더 이상 욕심이 일지 않는다. 만족이 없으면 욕심은 절대 멈춰지지가 않는다. 마치 브레이크 풀린 자동차가 서야 할 때 서지 못 하는 것처럼, 만족하지 않으면 그만둬야 할 때 그만두지를 못한다.

≪예기≫에 이런 구절이 있다.

"인생의 낙은 과욕에서보다 절욕에서 찾아야 한다. 올바른 마음을 가지고 욕심을 제어하면, 그 속에 절로 낙이 있으며 또한 봉변을 면하게 되리라. 허욕을 버리면 심신이 상쾌해진다."

방심하면
큰코다친다

＊＊＊
안전할 적에 경계하는 자는
위험으로부터 안전하다. <푸블릴리우스 시루스>

오늘 괜찮았으니까 내일도 괜찮을 거라고 생각하지 말라. 사고는 오늘과 함께 죽지 않는다. 오늘 사고가 일어나지 않는다고 해서 그 사고도 오늘과 함께 사라지는 것은 아니다. 오늘 찾아들지 않은 사고는 내일, 아니면 모레 찾아들기 위해서 빈틈을 호시탐탐 노리고 있다.

밤만 되면 문단속을 철저히 하는 가장이 있었다. 그는 도둑을 막기 위해 현관문에 보조키를 두 개나 설치해 놓고 밤 10시가 되면 꼬박꼬박 잠갔다.

하루도 거르지 않고 그렇게 하는 것이 매우 귀찮은 일이었지만 그러한 노력 덕분에 지금껏 도둑 한 번 맞지 않았다.

그러던 어느 날, 그는 술에 취해 일찍 잠드는 바람에 문단속을 제대로 하지 않은 채 밤을 넘겼다. 다음 날 아침에서야 그 사실을 안 그는 걱정스런 마음으로 집 안 구석구석을 살폈다. 다행히도 도둑이 든 흔적이 없었다.

그러나 그날 밤의 무사가 오히려 화근이 되고 말았다. 그날의 무사를 핑계로 그는 문단속에 소홀했다. 어제저녁에도 괜찮았는데 오늘 밤도 당연히 괜찮을 것이라 생각하고 귀찮게 생각되는 날에는 그냥 잠자리에 들었다.

한 달을 그렇게 문단속 없이 살았지만, 도둑은 들지 않았다. 그러자 아예 문단속하는 일을 그만두어 버렸다.

그는 절대 도둑이 들지 않을 거라고 안심하고 살았지만, 도둑은 그 틈을 용케도 파고들었다. 문단속을 그만둔 지 두 달쯤 되었을 무렵, 한밤중에 도둑이 흉기를 들고 들어왔다.

도둑 앞에서 부들부들 떨고 있던 그는 식구들의 생명을 지키기 위해 도둑에게 갖고 있던 돈과 패물을 순순히 내주었다. 그 덕분에 가족 모두는 무사할 수 있었지만, 안일한 방심으로 엄청난 물질적 피해를 입고 말았다.

문단속을 그만두었다가 엄청난 피해를 입은 그는 도둑맞은 다음 날부터 다시 문단속을 철저히 하기 시작했다.

사고가 나면 비켜 갈 것이라고 안심하거나, 지금까지 아무 탈도 없었는데 한 번 조심하지 않는다고 해서 사고가 나겠느냐고 방심해서는 안 된다. 이런 방심이야말로 모든 사고의 주범이며, 대부분의 사고는 방심하는 사이에 어이없이 당한다.

사고는 자신을 안심시켜서 벗어날 수 있는 것이 아니라 예방을 함으로써 벗어날 수 있다. 사고가 일어날 수 있다는 가정 아래 한 번 살필 것 두 번 살피고, 한 번 조심할 것 두 번 조심해야 사고를 당하지 않을 수 있다. '설마 나에게'라며 방심하기보다 '아니야 나에게도'라며 예방하는 것만이 무시무시한 사고로부터 안전해지는 최고의 방편이다.

노자는 "큰 나무는 가느다란 가지에서 시작되고, 110층의 탑도 작은 벽돌을 하나씩 쌓아 올리는 데에서 시작된다. 마지막에 이르기까지 처음과 마찬가지로 정성을 기울이면 어떤 일도 해낼 수 있다."라며 방심은 금물임을 강조하고 있다.

운명은 믿는 것이 아니라
성취하는 것이다

✦ ✦ ✦

천국의 문에는 이렇게 쓰여 있다.
'운명에 굴복하는 얼빠진 자들에게 슬픔이 있으리!' <에머슨>

운명은 타고나는 것이 아니라 내 의지에 의해서 만들어진다. 힘껏
노력하여 쌓고 이룬 것이 내 운명인 것이지, 태어날 때부터 내가 가
야 할 길과 내가 얻을 분량이 정해져 있는 것이 아니다. 내 인생에
운명이라는 이름으로 예약되어 있는 것은 아무것도 없다.

번듯한 대학을 졸업하고도 취직을 하지 않고 빈둥거리는 사람이
있었다. 마음만 먹으면 언제든지 취직을 할 수 있는데도 그가 취직
을 하지 않고 있었던 것은 '이 사람은 서른 살만 되면 큰 인물이 된
다'는 점괘 때문이었다. 우연찮게 듣게 된 이 점괘를 그는 곧이곧대
로 믿고 서른 살이 되기만을 기다렸던 것이다.

그는 단순히 나이만 먹기를 기다렸을 뿐 큰 인물이 되기 위한 어
떠한 노력도 하지 않았다.

시간이 흘러 그가 학수고대하던 서른이 되었다. 점괘에서 큰 인물이 된다고 했던 바로 그 해가 되자 그는 획기적인 계기가 생겨 정말로 큰 인물이 될 수 있을 것이라 믿고 하루하루 기다렸다.

그러나 어리석음은 어리석은 결과만 낳을 뿐, 1년을 꼬박 기다렸지만, 그에게는 아무런 변화도 일어나지 않았다. 서른 해를 넘겼지만, 여전히 그는 실업자 신세로 남아 있었다.

그는 나이가 잘못 짚어졌을 수도 있다고 생각하고 1년을 더 기다려 봤다. 하지만 그는 그 1년도 허송세월하는 데 도움을 주었을 뿐 달라지는 것이 없었다. 그는 또 다시 1년을 더 기다려봤지만, 결과는 마찬가지, 이제는 완전히 백수가 되고 말았다.

그때서야 그는 점괘를 믿고 살아온 자신의 어리석음을 깨닫고 취직을 해보려 했지만, 많은 나이 탓에 쉽지 않았다.

무당이 뽑아 준 점괘를 믿고 허송세월하며 산 그의 허망한 인생이 어리석기만 할 따름이다.

운명을 너무 믿지 말아야 한다. 우리 인생에 운명이란 이름으로 예약되어 있는 것은 아무것도 없다. 출세도 명예도 부도 모두가 노력의 산물이다. 스스로 노력함으로써 국회의원도 되고 사장도 되는 것이지. 노력하지 않는데도 팔자에 타고나서 되는 경우는 없다.

세상에 등 떠밀려 만들어지는 인생은 없다. 자신은 아무런 노력도 하지 않는데 타인들이 추켜세워 큰 인물을 만들어 주고 사장을 만들어 주는 경우는 없고, 방 안에 가만히 누워 있는데 타인들이 돈 자루를 메고 와서 벼락부자로 만들어 주고 스타로 만들어 주는 경우는 없다.

운명보다 강한 것은 인간의 의지이다. 의지에 의해서 지금까지의 인생 궤도를 바꿔 놓을 수도 있고 전혀 새로운 미래를 개척할 수도 있다.

어차피 인생은 팔자소관이 아니라 의지의 소관이다.

빈 껍데기 인생을 만들어 후회하면서 살아갈 것인가, 통통 여문 인생을 만들어 보람되게 살아갈 것인가는 오로지 내 의지에 달려 있다.

소신과 원칙에는
예외가 없다

***

한 번 아닌 일은 계속 아닌 일로 밀고 나가라.
그것이 중간에 마음을 바꾸는 것보다 훨씬 낫다. <아에스킬루스>

사람은 '되는 것'과 '안 되는 것'의 한계를 분명히 정해 놓고 살아가야 한다. 그리하여 되는 것은 힘줄이 끊어지는 한이 있어도 하고, 안 되는 것은 목에 칼이 들어와도 하지 말아야 한다. 되는 것과 안 되는 것이 뒤죽박죽 섞이면 삶도 뒤죽박죽되고 만다.

한 법학도가 그 어렵다는 사법고시를 패스하고 검사가 되었다. 새내기 검사로 첫 출근을 하던 날, 그는 검찰청사를 들어서며 자신과 약속했다.

"어떠한 유혹이나 압력에도 굴하지 않고 정의를 지켜나가는 곧고 청렴한 검사가 될 것이다!"

그러나 그 다짐은 며칠도 안 되어 정면 도전을 받았다. 검사가 됐다는 소식을 듣고 찾아온 고향 친구가 자신이 저지른 불법을 무마시켜 달라고 사정사정했다. 그는 고민에 빠졌다. 청탁을 거절하자니 친구에게 도리가 아닌 것 같고, 그렇다고 들어주자니 다짐을 스스로 깨는 것이 되고, 그는 이러지도 저러지도 못하고 갈등을 겪었다. 청탁과 정의 사이에서 며칠을 갈팡질팡하던 그는 '이번만'이라는 단서를 달고 친구의 청탁을 들어주었다.

이제 다시는 청탁하러 오는 사람도 없을 것이고 절대 청탁을 들어 주는 일도 없을 것이라던 그의 생각은 얼마 못 가서 또 깨지고 말았다. 이번에는 가까운 친척이 곤란한 문제를 들고 와서 해결해 달라고 매달렸다. 정의를 지켜야 한다는 다짐에는 조금도 변화가 없었지만, 친척의 부탁을 감히 거절할 수가 없어서 그는 또 '이번만'이라는 단서를 달고 들어주었다.

'앞으로 내 사전에 예외는 없다'면서 마음을 다잡았지만, 주위 사람들은 그를 한가하게 놔두지 않았다. 검사가 됐다는 소문이 퍼지면서 친척, 친구, 고향 사람들이 갖가지 문제를 들고 찾아와 "이것 좀 해결해 주게, 저것 좀 해결해 주게." 하는 통에 정신을 차릴 수가 없었다. 마음은 "법대로 하세요."라고 단호하게 거절하고 싶었지만 친척이라는 이유로, 친구라는 이유로, 동창이라는 이유로, 고향 사람이라는 이유로 그는 청탁을 거절하지 못하고 받아들였다.

'아! 정의를 지키는 것이 이렇게 힘든 건가?' 곧고 청렴한 검사가 되겠다던 다짐은 온데간데없고 주위 사람들의 해결사 노릇이나 하고 있는 자신이 한심하다는 생각이 들었다.

소신과 원칙을 가지고 살아야 한다. 그래야 자기 뜻이 확실히 서서 남의 의견에 부화뇌동하거나 불의에 아부하지 않을 수 있다. 한 번 정한 소신과 원칙은 어떠한 일이 있어도 바꾸거나 깨지 말아야 한다.

소신과 원칙은 정하는 것보다 지키는 것이 중요하며, 작은 소신이라도 끝까지 지켜낼 때 체면이 선다.

한 번 정한 원칙에 예외를 인정해서는 안 된다. '딱 한 번' '이번만'이라는 단서에 속아 예외를 인정하기 시작하면 그 원칙은 반드시 깨지고 만다. 펑크 하나가 자동차를 주저앉히고, 두더지 굴 하나가 댐을 무너뜨리듯, 한 번 예외를 인정하게 되면 두 번 세 번 인정하게 되고 결국에는 원칙까지 무너뜨리게 된다.

무소신, 무원칙으로 살아서는 안 된다. 그것은 자신을 허수아비로 만드는 것이고, 자기의 중심을 스스로 허물어뜨리는 것이다. 소신도 원칙도 없이 바람 따라 흔들리는 갈대처럼 유혹과 농간, 청탁과 압력에 휘둘리며 줏대 없는 삶을 사는 것은, 차라리 죽음보다도 못하고 패배보다도 더 불명예스럽다.

생각하기에 따라
인생의 가치가 달라진다

타인들은 모두 수지맞는 인생을 살아가고 있는데 자신만 그렇지 않은 인생을 살아가고 있다고 비관하는 것은 지나친 신세타령이다. 세상 사람 모두는 소설책 한두 권 쓸 정도의 사연과 손수건 한두 장 적셔낼 정도의 아픔을 안고서 살아가고 있다.

한 중년 남자가 공원 벤치에 앉아 소주를 마시며 신세타령을 늘어놓고 있었다. 자신과 비슷한 또래의 사람들은 벌써 사장, 부장이 되어 넓은 집에서 고급 차 굴리며 여유롭게 살아가고 있는데, 여태껏 과장 신세도 면치 못하고 근근이 살아가고 있는 자신이 그렇게 한심스러울 수가 없었다.

소주를 두 병이나 마시며 신세타령을 늘어놓고 있는 사이 날이 저물었다. 공원에 나와 행복한 미소로 휴식을 취하던 사람들은 하나 둘 돌아가고 공원에는 쓸쓸함만이 남았다.

밤이 깊어지자 자리를 털고 일어나던 그는 다시 털썩 주저앉고 말았다. 평소 주량이 소주 한 병인데 그 배인 두 병을 마셨으니 다리가 풀려 일어설 수가 없었다. 몇 번 몸을 일으켜 보았지만 제대로 몸을 가눌 수가 없자 그대로 벤치에 드러누워 버렸다. 그는 이내 잠이 들고 말았다.

그렇게 한 시간쯤 지났을까, 그는 누군가가 툭툭 치는 느낌이 들어 눈을 떠야 했다. 그의 앞에는 지저분한 옷차림을 한 남자가 딱 버티고 서 있었다. 남자가 인상을 팍 쓰며 말했다.

"저리 비켜요, 여긴 내 자리요."

심상치 않은 분위기를 감지한 그는 벌떡 일어나 자리를 비켜 주었다.

아직도 술이 덜 깬 그는 좀 더 자야겠다는 생각으로 옆 벤치로 갔다. 그러나 그곳에도 이미 다른 사람이 누워서 자고 있었다. 비틀거리며 빈 벤치를 찾아다녔지만, 벤치마다 사람이 다 누워 있었다.

빈 벤치를 찾아 공원을 왔다갔다하는 사이 술이 어느 정도 깬 그는 그때서야 벤치에 누워서 자고 있는 사람들이 노숙자라는 사실을 알게 되었다. 노숙자가 많다는 사실은 매스컴을 통해 들었지만, 그 실상을 처음으로 직접 본 그는 자고 있는 한 노숙자를 유심히 들여다보았다. 초췌한 얼굴에 꾀죄죄한 옷차림, 신문지 한 장을 이불 삼아 웅크린 채 자고 있는 노숙자를 바라보는 순간, 그는 자신이 여기에 누워 있지 않은 것을 천만다행으로 생각했다. 거리를 하루 종일 방황하다 벤치에서 쌀쌀한 밤을 보내야 하는 노숙자를 생각하니 돌아갈 곳이 있는 자신이 한없이 행복하게 느껴졌다.

성공된 인생에 견주어 자신의 인생을 평가하거나 행복한 인생에 견주어 자신의 행복을 평가하지 말아야 한다. 그렇게 되면 자신만 실패한 인생을 살아가는 것 같고 자신만 불행한 인생을 살아가는 것 같은 느낌이 들어 쉽게 신세 한탄에 빠지게 된다.

옆 사람 눈치 보며 살 필요가 없다. 겉으로 드러난 것들이 옆 사람보다 못하다고 해서 실망할 필요도 없다. 그깟 명패의 직위가 좀 다르면 어떻고, 타고 다니는 자가용의 배기량이 좀 다르면 어떤가? 어차피 인생의 길이는 다 살아봐야 잴 수 있고, 누가 더 알찬 삶을 살아가는가는 생의 끄트머리에 가서나 판가름을 낼 수 있다.

나보다 잘 나가는 인생을 훔쳐보며 부러워하기보다 내 인생의 가치에 충실하면서 살아야 한다. 내 가치를 믿고 내 인생은 스스로 만들어 간다는 적극적인 자세로 살아야 삶에 애착이 가고, 나는 어느 누구와 견주어도 뒤지지 않을 만큼의 충분한 가치가 있다는 확신을 가지고 살아야 뿌듯한 행복도 생긴다.

부와 가난은
유전되는 것이 아니다

✱ ✱ ✱

부자는 시간에 투자하고
가난한 사람은 돈에 투자한다. <워런 버핏>

부(富)와 빈(貧)을 결정해 주는 것은 유산이 아니라 삶에 대한 자신의 의지이다. 비록 유산을 물려받았어도 그것을 탕진하는 일에만 몰두한다면 가난뱅이로 전락하는 것은 시간문제이고, 비록 유산을 물려받지 않았어도 스스로 노력한다면 부자가 되는 것은 시간문제이다.

부모로부터 가난을 물려받은 사람이 있었다. 내 집은 고사하고 겨우 셋집 하나만을 덜렁 남겨 놓고 간 부모를 그는 제사상 앞에 앉을 때마다 원망했다.

"어찌 저에게 이토록 지긋지긋한 가난을 물려주고 가셨습니까? 다른 사람들은 부모가 재산을 많이 물려주어 떵떵거리며 살고 있는데 저는 이 꼴이 뭡니까? 원망스럽습니다. 세상에 물려주고 갈 것이 없어서 가난을 물려주고 가셨습니까?"

제사상 앞에서 실컷 넋두리를 늘어놓는 그는 옆에 있던 세 살배기 아들을 껴안고 다짐했다.

"아들아, 아버지가 너에게만은 절대 가난을 물려주지 않으마."

그는 그 다짐을 지키기 위해 진날 갠날 가리지 않고 억척스럽게 일했다. 자식에게만은 가난을 물려주지 않겠다는 일념으로 열심히 돈을 벌어 재산을 불려 나갔다.

30년 후, 그는 원하던 대로 아들에게 많은 재산을 물려주게 되었다. 그러나 아버지의 고생과 한(恨)과 땀이 배인 유산이었지만 아들은 그것을 감사하게 생각하지 않았다. 아버지가 세상을 떠나면서 당연히 남겨 놓고 간 것쯤으로만 생각했다.

하루아침에 엄청난 재산을 물려받은 아들은 열심히 일해서 살려고 하기보다는 하는 일 없이 빈둥거리며 재물을 낭비하는 데만 주력했다. 아버지의 뜻과는 전혀 다르게 아들은 흥청망청 졸부 행세를 하고 다녔다.

무위도식하며 여기저기 기웃거리던 아들은 패가망신의 지름길인 도박에까지 빠져들고 말았다. 하룻밤에 수백 수천만 원을 날리고도 그는 눈 하나 끔쩍하지 않았다.

도박 자금 마련을 위해서 하나 둘 처분하기 시작한 재산은 급속히 줄어들어 갔고 얼마 가지 않아서 바닥나고 말았다.

재산 많다고 떵떵거리던 아들은 이제 집 한 칸 없는 알거지가 되어 당장 먹고살 걱정을 해야 하는 비참한 신세로 전락하고 말았다. 아버지가 잘살아보라고 피와 땀으로 모아 준 유산을 허무하게 날리고 알거지가 된 아들은, 제사상 앞에 앉아 염치 좋게도 아버지를 원망하기 시작했다.

"아버지, 왜 그렇게 많은 재산을 물려주고 가셨어요? 너무 많은 유산 때문에 제가 빈둥거리다가 이 꼴이 된 것 아닙니까? 차라리 가난을 물려주고 가셨으면 악착같이 살려고 바둥대고 절약했을 거 아니에요."

자식을 부자로 살게 하기 위해서 많은 재산을 물려주려고 하는 것은 부질없는 일이다. 재산을 많이 물려주었다고 해서 자식이 부자로 살고 많이 물려주지 않았다고 해서 자식이 가난하게 사는 것은 아니다.

자식이 부자로 살 것인지 가난뱅이로 살 것인지는 부모의 뜻이 아니라 자식의 의지에 달렸다. 부모가 재산을 많이 물려준다 해도 자식이 그것을 지킬 의지가 없으면 가난뱅이로 전락하는 것이고, 비록 가난을 물려주었어도 자식이 스스로 노력하면 부자로 올라서는 것이다.

재산은 있으면 물려주고 없으면 마는 개념으로 생각해야지 없는 재산을 억지로 만들어서까지 물려주려고 하는 것은 잘못된 것이다. 자식들 또한 재산을 물려주면 좋고 물려주지 않아도 그만이라는 개념으로 생각해야지 물려주지 않는 재산을 받아내려고 억지를 부리는 것은 바람직하지 않은 일이다.

물론 부모 입장에서는 자식을 염려해서 재산을 물려주려 하고, 자식의 입장에서는 좀 더 인생을 수월하게 살고자 해서 많은 것을 바라겠지만, 유산은 본래의 뜻과는 반대로 작용하고 마는 경우가 많다. 너무 많은 유산이 오히려 살고자 하는 의지를 꺾어 가난뱅이로 만들어 놓는가 하면, 너무 지독한 가난이 오히려 살고자 하는 의지를 분발시켜 남부럽잖은 부자가 되게 한다.

세상에는 뭉칫돈이 굴러들어서 잘사는 사람들보다 한푼 두푼 알뜰히 모아서 잘사는 사람들이 훨씬 많다.

하루하루 보태지는 것이 작다 해서 조급하게 생각하거나 실망할 것 없다. 작게 보탠다고 해서 작게 살아지는 것도 아니고 행복도 덩달아 작아지는 것은 아니다. 보태면 무한정 불어나는 것이 우리네 삶이다. 적은 돈이라도 꾸준히만 보태면 부자 되는 것은 시간문제이고, 넉넉하지 않더라도 그것을 깨뜨리지만 않으면 누구나 행복인이 될 수 있다.

돈은 벌기보다
쓰는 방법이 중요하다

❖❖❖

재산이 많은 사람이 그 재산을 자랑하고 있더라도, 그 돈을
어떻게 쓰는지 알 수 있을 때까지는 그를 칭찬하지 말라. <소크라테스>

돈을 벌기보다 쓰기를 잘해야 한다. 삶의 질은 순전히 돈을 어떻게
쓰느냐에 의해서 결정된다. 작업복을 입고 험하게 번 돈이라도 가
치 있게 쓰면서 살면 삶은 가치 있어지는 것이고, 넥타이 매고 점잖
게 번 돈이라도 헛되이 쓰면서 살면 삶은 헛되어지는 것이다.

내가 자주 다니는 한 전철역 부근에서 어느 날인가부터 젊은이
둘이서 김밥과 어묵 장사를 하기 시작했다. 나이는 20대 초반으로
보였다. 여러 가지 상황으로 보아 그들은 임시방편으로 장사를 시
작하는 것처럼 보였다. 장사 수완도 그리 좋아 보이지 않고, 김밥
과 어묵도 어디에선가 만들어진 것을 가져다 파는 것 같았다. 여하
튼 나는 그들을 긍정적으로 보았다. 젊은이들이 성실하게 돈을 벌
어서 쓰려는 그 자세를 높이 사 줬다.

그러던 어느 날 밤늦게 귀가하다가 그들을 다시 보게 되었다. 하루 장사를 끝냈는지 남은 음식을 정리하고 있었는데, 그들 곁에는 그 또래로 보이는 여자 두 명이 서성대고 있었다. 자유롭게 말을 주고받는 분위기로 보아 그들의 여자친구인 것 같았다. 그냥 지나칠까 하다가 뭔가 이상한 느낌이 들기도 하고, 노점으로 번 돈을 젊은이들이 어떻게 쓸까 하는 궁금증이 발동해서 그들 뒤를 따라가 보기로 했다.

그들이 도착한 곳은 포장마차 보관소였다. 그곳에 리어카를 넣어놓고 다시 발길을 재촉한 그들이 도착한 곳은 어느 건물 지하에 있는 술집이었다.

실망을 머금고 돌아선 나는 밤늦게 흐느적거리며 거리를 배회할 그들의 모습이 쉽게 상상이 되었다.

저렇게 살려고 노점을 벌여 놓고 있었단 말인가? 성실하게 살아가려는 젊은이들의 모습을 기대했던 나는 너무 큰 실망에 그 청년들이 안타깝게 생각되었다.

개처럼 벌어 정승처럼 살라 했거늘, 힘들게 벌어서 쉽게 날리며 헛되게 살고 있는 그들을 좋게 보아줄 수가 없었다.

돈을 버는 방법은 그리 중요하지 않다. 도둑질하지 않고 사기 치지 않고 정당하게 땀 흘려서 버는 돈이라면 무슨 일을 하든 문제가 되지 않는다. 문제는 돈을 어디에다 어떻게 쓰는가이다. 애써 번 돈을 유흥비로 탕진하느냐 꼭 필요한 곳에 유익하게 쓰느냐에 따라서 사는 모습은 하늘과 땅의 차이가 난다.

막일해서 벌었다고 해서 막 써서는 안 된다. 잘못 쓰면 정말 사람 꼴 우습게 만들어 놓는 것이 돈이고, 막일해서 벌었다고 막 쓰면 막 가는 인생으로 만들어 놓는 것이 돈이다.

사람마다 사는 모습이 다르고 가치가 다른 것은 돈을 쓰는 방법이 다르기 때문이다. 똑같은 월급을 받아도 내 집 장만해서 사는 사람이 있는가 하면 셋방을 전전하며 사는 사람이 있고, 똑같은 장사를 해도 자가용 굴리며 번쩍거리게 사는 사람이 있는가 하면, 단칸 셋방에서 후줄근하게 사는 사람이 있는 것은 다 돈 쓰는 방법이 다르기 때문이다.

칼릴 지브란의 말을 깊이 되새겨 보아야 한다.

"돈은 현악기와 같다. 그것을 적절히 사용할 줄 모르는 사람은 불협화음을 듣게 된다. 돈은 사랑과 같다. 이것을 잘 베풀려 하지 않는 이들을 천천히 그리고 고통스럽게 죽인다. 반면에, 타인에게 이것을 베푸는 이들에게는 생명을 준다."

사행심에
인생을 걸지 말라

✦✦✦

어떤 일을 할 때는 먼저 예측하고 모험해야 하는데,
그것은 무모하게 무턱대고 하는 것과는 다른 것이다. <바톤>

돈 놓고 돈 먹기 게임은 하지 말라. 삶에서 가장 위험한 게임은 그
것이다. 돈 놓고 돈 먹기 게임의 속성은 수많은 사람을 울린 대가로
몇 사람만이 웃는 것이기 때문에 그 게임에서 웃기는 하늘의 별 따
기만큼이나 어렵고, 울기는 자갈밭에서 자갈을 줍기보다 쉽다.

공사판에서 하루 종일 힘들게 일하고 집으로 돌아가던 한 근로자
가 복권 판매소 앞에서 "백만 원이다!" 하고 내지르는 한 남자의 환
호성을 듣고 멈춰 섰다.

한번 사서 긁어 볼까 하는 마음은 늘 있었지만 헛된 짓이라며 복
권을 외면했던 그는 실제로 백만 원에 당첨된 사람을 자기 눈으로
확인하고는 마음이 동요하기 시작했다.

하지만 하루 종일 땀 흘려 번 돈이었기에 그는 선뜻 복권을 사지

못했다. 힘들여 번 돈을 가치 없이 날릴까 봐 주머니 속의 돈을 만지작거리며 갈등하던 그는 딱 한 번만 사서 긁어 보기로 마음먹고 즉석복권 두 장을 샀다. 행운을 기대하며 첫 장을 긁어봤지만 '꽝'이었다. 에이, 술 한잔 날아갔다고 아쉬워하며 두 번째 장을 긁었는데, 이번에는 운 좋게도 오천 원에 당첨되었다.

그는 갑자기 부자가 된 느낌이 들었다. 또 사서 긁으면 더 큰 금액에 당첨될지도 모른다는 생각이 그의 머리를 지배했다. 그는 기대에 부풀어 당첨된 복권을 새 복권 열 장과 바꿨다

그의 예감은 적중했다. 열 장 중에 다섯 장이 오천 원에 당첨되는 행운이 또 찾아들었다.

"이렇게 쉽게 당첨되다니…, 야호!"

그는 당첨된 복권을 보며 흥분을 감추지 못했다.

그러나 그의 욕심은 거기서 멈춰지지 않았다. 1등 당첨은 아니더라도 아까 그 사람처럼 백만 원짜리라도 당첨되면 얼마간은 공사판에서 날품 팔지 않아도 된다는 허무맹랑한 기대에 부풀어 당첨된 복권을 다시 새 복권 오십 장과 바꿨다.

그는 속으로 '백만 원만, 백만 원만'을 외치면서 한 장 한 장 긁어 나갔다. 하지만 긁는 매수가 늘어날수록 기대는 점점 실망으로 변해 갔다. 오십 장 모두를 긁어봤지만, 이번에는 백만 원은 고사하고 오천 원짜리에도 당첨되지 않았다. 아쉬움과 함께 오기가 생긴 그는 공사판에서 힘들게 일하고 받은 일당을 털어 복권을 몽땅 사고

말았다. 그러나 결과는 오백 원짜리 몇 장 당첨되는 것으로 그쳤다. 그는 기대 반 오기 반으로 당첨된 복권을 다시 새 복권으로 바꿔 가며 마지막 한 장까지 긁어봤지만, 결과는 '헛된 꿈'이었다.

하루 종일 힘들게 일해 받은 대가를 허공에 날려버린 그는 허탈한 심정으로 복권 판매소를 떠나면서 다짐했다. '내일 일당 받아서 다시 도전할 것이다.'

백만의 적군을 무찌른 장수도 도박의 함정에서는 빠져나가지 못한다. 호랑이를 물리칠 만한 용기도 도박의 마력 앞에서는 맥을 못 춘다. 돈을 잃으면 본전을 찾으라고 재촉하고, 돈을 따면 더 따라고 유혹하니 그 어떤 장사가 배겨낼 수 있겠는가?

사행심에 인생을 걸어서는 안 된다. 그것은 모험에 인생을 거는 것보다도 더 허황된 일이다. 사행심에 의해서 좋은 삶을 마련한다는 것은 불가능한 일이다. 운 좋게 사행심이 성취되더라도 인생을 타락에 젖어 허비해야 하고, 사행심이 성취되지 않으면 아까운 인생을 말없는 천장만 바라보며 허비해야 한다.

작은 것 하나라도 정당한 노력을 투자해서 마련하겠다는 사고방식을 가질 때 좋은 인생이 열린다. 그런 사고방식으로 살면 갑자기 굴러들어오는 횡재는 비록 없을지라도 나름대로의 가치 있는 삶을 마련할 수 있는 정신적 풍요와 자유를 듬뿍 얻어낼 수 있다.

자신을 위해서
가꾸어라

❖ ❖ ❖

미(美)가 위선으로 둔갑되지 않도록 하는 것이
미인의 조건이다. <H.스펜서>

남을 위하여 가꾸지 말고 자신을 위하여 가꾸어야 한다. 자신을 위해 거울을 보고, 자신을 위해 화장을 하고, 자신을 위해 예쁜 옷을 입어야 한다. 자신에게 아름다운 사람은 남에게도 아름답고 자신에게 아름답지 않은 사람은 남에게도 아름답지 않다.

결혼하고도 직장을 다니는 여성이 있었다. 그녀는 신혼이었을 뿐만 아니라 외출할 때마다 하도 열심히 꾸미는 통에 결혼한 티가 전혀 나지 않았다. 예쁘게 화장하고 미니스커트를 입은 그녀의 모습은 누가 보아도 영락없는 미혼여성이었다.

그녀는 출근할 때면 유난히 외모와 옷차림에 신경을 썼다. 새벽부터 일어나 머리도 만지고 화장도 하고 옷도 입었다 벗었다 하면서 몸단장을 했다. 그런 열정 덕분에 그녀는 직장에서 자타가 인정하는 미인으로 통했다.

하지만 그녀의 그런 모습은 출근하는 날뿐이고 출근하지 않는 날에는 아예 꾸미는 것을 포기했다. 화장은커녕 세수조차도 하지 않은 채 하루 종일 집 안에서 나뒹굴었다. 부석부석한 얼굴, 헝클어진 머리에 낮에 걸치고 있었던 옷 그대로 잠자리에 드는 그녀의 게으른 모습에서 아름다움이라고는 눈곱만큼도 찾아볼 수 없었다.

우리의 아름다움(특히 여성)은 상당히 왜곡되어 있다. 타인을 위한 아름다움은 있어도 자신을 위한 아름다움은 없다. 타인들에게는 예쁘게 보이고 아름답게 보이려고 갖은 애를 쓰면서도 자신에게는 그런 공을 들이지 않는다. 외출할 때는 거울 앞에서 많은 시간을 허비하면서 외출하지 않을 때는 거울 한 번 들여다보지 않는다.

타인을 위해서만이 아니라 자신을 위해서도 아름답게 가꾸어야 한다. 외출할 때나 집에 있을 때나, 타인들이 볼 때나 보지 않을 때나 개의치 말고 단정하게 가꾸어야 한다. 타인들 앞에 나설 때는 때 빼고 광내면서 혼자 있을 때는 추한 모습으로 나뒹구는 것은 자신을 무시하는 것이다. 자신에게 아름답지 않고 타인들에게만 아름다운 것은 아름다움에 대한 모독이다.

멋 부리는 일은
개성으로부터 출발하라

♣ ♣ ♣

개성적인 아름다움은
다른 어떤 소개장보다도 더 훌륭한 추천장이다. <아리스토텔레스>

아무리 변장한다고 해도 남자가 여자로 바뀔 수는 없으며, 여자가 남자로 될 수는 없다. 멋의 창조는 개성을 살리는 것으로부터 출발한다. 개성을 버리고서 멋을 부린다는 것은 어불성설이다.

어느 대학교에 출석 점수를 성적에 50% 반영한다며 출석을 부르는 교수가 있었다. 그렇다고 학생들이 꼬박꼬박 출석할 리는 없다. 대출(대신 대답하여 출석한 것처럼 하는 것)이라는 것을 동원하여 이에 대비한다. 심지어 한 학생이 5명까지 대출해 줄 때도 있었다. 이러한 대출에 대응하여 교수도 한 명 한 명 확인해 보곤 했다.

어느 날 출석을 부르던 도중 여학생의 이름을 불렀는데 남학생이 여자 목소리로 "네" 하고 대답하였다. 그 목소리는 분명 여자 목소리도 아니고, 그렇다고 남자 목소리도 아닌 이상한 목소리였다. 교실에 있던 학생들은 크게 소리내 웃었고, 대출을 눈치 챈 교수가 대답한 학생을 일으켜 세웠다. 남학생임을 확인한 교수는 대답한 남학생과 대출을 부탁한 여학생을 결석 처분해 버렸다.

멋을 부리는 일은 개성으로부터 출발하여야 한다. 부모로부터 물려받은 몸을 있는 그대로 강조하면서 멋을 부려야 하는 것이다. 개성에 역행하여, 개성을 내팽개쳐 버리고 멋을 부리려고 애를 쓴다면 그것은 '멋'이 아니라 '꼴불견'이 되는 것이다.

우리는 길거리에서 가끔 남장한 여자나, 여장한 남자를 볼 수 있다. 시대가 아무리 개성시대라고 하지만 꼴불견이 아닐 수 없다는 생각이 든다. 아무리 '꼰대'의 시각이라고 하지만, 남자가 짙게 화장하고, 귀걸이, 팔찌를 하고 다니며, 여자는 머리를 남자처럼 짧게 깎고 양복에 넥타이를 하고 다닌다는 것은 보기에 좀 불편하다. 남자가 여자로, 여자가 남자로 되려고 하는 것은 하나의 호기심에 의한 어리석은 행위일 뿐이라는 생각이다.

인간들은 자신이 가지고 있지 않은 것을 동경하고 모방하려고 하는 심리를 가지고 있다. 그래서 남자는 여자가 되고 싶어 하고, 여자는 남자가 되고 싶어 한다. 그러나 이러한 것은 어디까지나 호기심에서 그쳐야 하며, 그렇지 않고 그것을 직접 실현하기 위해서 행동을 하는 것은 바람직하다고 할 수 없다.

사치로
자녀를 떠받들지 말라

❋ ❋ ❋

사치로 자녀를 떠받드는 것은 그 자녀를 사랑하기 때문이다.
그러나 그 자녀를 사랑한다는 것이 마침내는 그 자녀를
해롭게 하는 원인이 된다. <이언적>

우리나라의 부모들은 예로부터 희생정신이 강하여 자신들이 겪었
던 힘든 고통(가난, 못 배움, 고생 등)을 자식에게는 물려주지 않아
야 한다는 강한 의지를 가지고 있다.

강남땅이 개발되기 전에 강남에서 계란 한 개도 제대로 못 먹고
살 정도로 지긋지긋한 가난을 겪으면서 사는 사람들이 있었다. 때
문에 그들은 가난에 대하여 한(恨)을 가지고 있었다. 그러던 어느
해 강남지역에 대한 개발정책이 발표되면서 강남지역의 땅이 하루
아침에 금싸라기 땅으로 변했다. 그래서 그들은 하루아침에 벼락부
자가 되었다.

벼락부자가 되고 나서 그 사람들이 가장 먼저 생각한 것은 자신
들이 겪은 지긋지긋한 가난을 자식들에게는 절대로 물려주지 않겠

다는 것이었다. 그래서 그들은 자식들이 먹고 싶다는 것은 다 사다 먹였고, 또 하고 싶어 하는 것이 있으면 다 하도록 여건을 만들어 주며, 최고의 생활을 누리도록 하면서 키웠다. 그러나 그런 생활을 누리면서 자란 자식들이 후일에는 향락에 빠지고, 못된 짓만 골라서 하는 졸부 신세로 전락하고 마는 경우가 허다했다.

대부분의 부모들은 자신들이 가난하게 살았던 한(恨)을 가지고 있다. 그래서 자기(부모)는 고생을 하는 한이 있더라도 자식만큼은 잘 먹이고 잘 입혀야 한다고 생각하고, 자신들의 인생을 즐기는 일은 뒤로 미룬 채 열심히 돈을 번다.

부모들의 이러한 사고를 나쁘다고 하는 것이 아니다. 다만 부모들의 이런 심정을 요즘 세대들(고생을 모르고 호강 속에서 자란 자식들)이 전혀 이해하지 못하고, 부모들의 기대와는 전혀 다른 방향으로 성장한다는 데 대하여 자식들만 믿고 희생해 온 부모들이 안타깝게 생각될 뿐이다.

자식들이 부모들의 희생정신을 이해해 주고 부모가 바라는 자녀가 되었다면 얼마나 좋을까? 그러나 자신(자녀)들이 몸소 체험(가난, 고생 등)한 일이 아니기 때문에 자식들은 이해를 하지 못하는 것이다. 부모가 하루 종일 가난에 관해서 이야기해 준다고 해도, 자식들은 자신이 직접 겪어보지 못했기 때문에 이해를 할 리가 없다. 그래서인지 자식들은 부모가 자기를 호강스럽게 부족한 것 없이 키워주는 게 당연한 것이며, 전혀 희생하고 있다고 생각하지 않는다.

자식을 호강시켜서 키우는 것만이 자식을 잘 키우는 방법은 아니다. 자식들을 너무 물질적으로 호강스럽게 키우면 '호강병'에 걸린다. 그런데 이 호강병은 일단 걸리면 치료 약이 없다. 부모들이 가난 속에서도 꿋꿋이 살아온 원동력이 무엇인가? 정신력 하나 아니었던가? 자식들도 정신력만 강하면 부모들이 꿋꿋하게 살아온 것과 같이 꿋꿋하게 살아나갈 수 있는 것이다.

돈을 쓰는 사람은 그 돈을 벌어다 준 사람의 노고를 잊어서는 안된다. 적어도 그 돈이 어떤 대가를 치르고 얻어진 것인가를 알고서 써야 한다. 수월하게 번 돈을 가치 있게 쓰지는 못할망정 힘들여 번 돈을 가치 없이 써서 돈 번 사람을 헛심 켜게 하는 것은 도리가 아니다.

은혜를 베풀 때는 감추고
받을 때는 알린다

* * *

은혜를 베푸는 자는 그것을 감추라.
은혜를 입는 자는 그것을 공개하라. <세네카>

참다운 희생(봉사)이란 대가를 바라지 않고 하는 것이다. 어머니는 갓난아이가 밥을 먹을 수 있을 때까지 젖을 공급한다. 그러나 어머니는 아이에게 젖을 주면서 전혀 대가를 바라지 않는다. 이처럼 어머니가 아이를 낳아서 젖을 주는 것과 같은 희생이 참다운 희생인 것이다.

선거가 있으면 여지없이 나타나는 국회의원 후보자가 한 명 있었는데, 선거철이 몇 개월 앞으로 다가오자 그 후보는 양로원이나 보육원 등을 찾아다니면서 열심히 봉사하는 척하였다. 그러나 그 후보는 투표 결과 낙선하고 말았다. 낙선한 이후 후보는 태도가 180도 달라져 양로원이나 보육원 등에 찾아가지 않았다.

그다음 대(代)의 국회의원 선거가 몇 개월 앞으로 임박해왔다. 그 후보는 지난번처럼 양로원이나 보육원 등을 다시 찾아다니면서 각종 봉사를 하는 척했다. 그러나 이 사실을 알아챈 많은 유권자들은 그를 기회주의적인 '철새'라고 비웃었다.

작은 봉사라도 그것이 계속된다면 참다운 봉사이다. 데이지 꽃은 그것이 드리우는 제 그림자에 의하여 아롱지는 이슬방울을 햇빛으로부터 지켜준다. <윌리엄 워즈워스>

희생과 봉사는 강한 책임감에서 나와야 하며, 무엇을 위한 무엇을 바라는 희생이나 봉사가 되어서는 안 된다. 아울러 남을 의식하고, 남에게 과시하기 위하여, 또 어떤 목적을 위하여 희생하거나 봉사하는 것은 진정한 의미의 희생과 봉사가 아니며, 주제넘은 위선자일 뿐이다.

매년 연말이 되면 고아원, 양로원 등을 방문하는 사람들이 많은데, 겉치레로 하는 봉사가 대부분이다. 그리고 이들의 봉사는 단순히 자신이 봉사했다는 것을 남한테 과시하려고 하는 경우가 많다. 특히 정치인은 철새처럼 선거 때만 되면 단골손님이 된다. 그래서 어떤 노인정에서는 하루 종일 기념촬영을 하느라 아주 불편하다고 한다. 라면 몇 상자 들고 와 끓여주고 나서 기념사진을 찍어 그것을 빌미로 하여 자신을 과시하는 수단으로 악용하는 경우가 많은데, 참으로 어리석은 행위이다. 그리고 이런 사람들은 봉사하면서 물질적인 것만 생각하지 따뜻한 마음을 주려고 하지 않는다. 그러나 진정한 봉사는 물질보다도 따뜻한 마음이 더 중요한 것이라는 사실을 잊어서는 안 된다.

성서에 보면 '오른손이 하는 일을 왼손이 모르게 하라'는 말이 있는데, 이 말이야말로 희생과 봉사의 기본적인 태도라고 할 수 있다. 희생과 봉사에 어떠한 목적이라는 불순물이 섞여서는 안 되며, 먼저 인간을 진정으로 사랑하고자 하는 순진무구한 마음을 가져야 한다. 그리고 꼭 돈을 써야만 봉사할 수 있다고 생각하는 것은 잘못이며, 진정한 봉사는 '마음'으로 하는 것이다.

빌 게이츠는 자신이 해야 할 일을 이렇게 정리했다.

"성공을 거둔 기업가는 부를 사회에 환원하고, 또 세계의 불평등을 개선할 수 있는 길을 찾아야 한다. 이것이 우리의 사회적 책임이다. 나는 죽기 전까지 재산의 95%를 사회에 기부하겠다. 내 인생의 후반은 주로 의미 있게 돈을 쓰는 일에 바칠 것이다."

넘치면
모자람만 못하다

♣ ♣ ♣

돈은 정확하게 섹스와 같다는 것이 판명되었다.
당신이 그것을 갖지 않으면 그것 이외에는 아무것도 생각하지 않고, 막상 그것을
가지면 다른 생각을 하기 시작한다. <J. 볼드윈>

고생하며 돈 벌었다고 해서 그 보상을 한꺼번에 받아내려고 해서는
안 된다. 그동안 고생한 것을 급하게 보상받으려다가 돈에 체하면
고칠 약이 없어진다. 돈에 체하면 멀쩡했던 사람도 타락하게 되고
곧장 가던 삶도 걷잡을 수 없이 빗나가게 된다.

몸뚱이와 사랑만 가지고 결혼한 이들이 있었다. 이들은 형편이
곤궁하여 1년에 두세 번 방을 옮겨 다니며 살아야 하는 해도 있었
다. 이러한 고통 속에서 이들은 돈을 버는 것만이 최선이라고 생각
했다. 돈만 많이 벌면 지긋지긋한 가난도 면할 수 있고, 행복도 지
금보다 커질 것이라고 생각했다.

이들은 가난에서 좀 더 빨리 벗어나기 위해서 맞벌이를 했다. 밤
늦게까지 또 일요일도 쉬지 않고 열심히 일했다. 몸은 비록 힘들었

지만 그래도 이들은 아무 불만이 없었다. 젊을 때만 눈 딱 감고 고생을 하면 남부럽잖게 살 수 있다는 희망도 있었고 부부간에 애틋한 사랑도 있었기에 행복하기만 했다.

오랫동안 고생한 결과 이들에게는 많은 돈이 생겼다. 이제는 바둥대며 돈 벌지 않아도 먹고 사는 데 아무 지장이 없을 정도가 되었다.

이렇게 형편이 좋아지면서 이들은 그동안 참아 두었던 일을 하나하나 해 나갔다. 내 집 장만도 하고, 차도 장만하고, 가구며 가전제품도 사서 집안도 으리으리하게 꾸며 놓고, 그동안 가보지 못했던 여행도 가보고 먹어보지 못했던 음식도 즐겼다.

아내는 이같은 생활에 만족했지만, 남편은 그렇지 못했다. 남편은 그동안 고생한 것을 보상받기 위해 돈을 마구 뿌리고 다녔다. 그러한 생활이 지속되면서 가정과 일밖에 몰랐던 남편은 급속히 타락되어 갔다. 거기에 외도까지 하면서 가정은 불화에 휩싸였고 비록 가난했지만, 오순도순 살았던 행복은 깡그리 달아나 버리고 말았다.

돈 많이 벌어 부자가 되면 더없이 행복하기만 할 줄 알았는데 그것이 오히려 자신들의 행복을 빼앗아 가자, 아내는 정신없이 달려온 지난날을 회상하며 힘없이 중얼거렸다.

"이렇게 살려고 악착같이 돈을 벌었던가? 이리 될 줄 알았으면 차라리 적당히 벌어서 가난이나 면하고 살 것을……"

돈이 넘치는 것을 경계해야 한다. 허기보다 배탈이 더 무섭고, 가뭄보다 장마가 더 위험하듯이 돈은 부족해서 탈인 것보다 넘쳐서 탈인 것이 삶에는 더 위험하다. 돈이 부족하면 삶을 꾀죄죄하게 만들 뿐이지만 돈이 넘치면 삶을 타락하게 만들고 삶을 빗나가게 만든다. 돈이 없어서 패가망신한 사람보다 돈이 넘쳐서 패가망신한 사람들이 더 많다.

고생한 것을 한꺼번에 보상받기 위해 돈을 급하게 소비해서는 안 된다. 돈 버는 데 들인 고생을 꼭 돈을 소비힘으로써 언어내려 해서도 안 된다. 음식을 급히 먹으면 체하듯이 돈을 급하게 소비하면 반드시 부작용이 생긴다. 급작스레 쓰이는 돈은 대개 타락의 밑천으로 흘러들어 가정을 파탄 내고 삶을 빗나가게 만든다. 부자가 되고 나서 어이없이 행복을 잃는 것은 돈을 급하게 쓰는 데서 오는 부작용 때문이다.

갑자기 생긴 돈일수록 서서히 써야 하고, 고생하며 번 돈일수록 아껴 써야 한다. 그래야 타락의 길로 빠져드는 것을 막을 수 있고, 그 보상을 낱낱이 받아낼 수 있다. 댐에 담긴 물을 조금씩 흘려보내야 댐도 안전하고 강도 안전할 수 있듯이 금고에 쌓인 돈을 서서히 풀어야 생활도 안정되고 마음도 안정되는 법이다.

공수래공수거
空 手 來 空 手 去
인생의 덧없음이여!

✿ ✿ ✿

인생이란 덧없는 것이 아닌가.
밤낮 근근 사자 하다가 생명이 가면 무엇이 남는가?
명예인가, 부귀인가, 모두가 아쉬운 것이 아닌가.
결국 모든 것이 공(空)이 되고 무색하고 무형한 것이 되어 버리지 않는가. <한용운>

무슨 욕심이 그리도 많은가. 천년만년 살 것도 아닌데 도처에 부동산이 무슨 소용이고, 잠시 머물렀다 떠나야 하는 손님인데 장롱 속의 보화가 무슨 소용인가. 살아 있는 동안만 불편을 느끼지 않으면 훌륭한 인생인 것을!

뒤도 돌아보지 않고 가쁜 삶을 살아온 노인이 있었다. 억척스럽게 살아온 결과 그에게는 부족한 것이 없었다. 그동안 재산도 엄청나게 모아 두었고, 아들딸 훌륭하게 키워 시집 장가 다 보내 놓았으니 그의 인생은 화려하기 이를 데 없었다.

마냥 화려하기만 할 것 같던 그의 인생도 흐르는 세월에 점점 빛을 잃어 갔다. 도처에 부동산이 있고, 집 안은 갖가지 물건들로 호화롭게 장식되어 있었지만, 그것들이 저물어 가는 그의 인생을 붙잡아 주지는 못했다.

자신의 곁을 그림자처럼 지켜 주던 아내가 먼저 하늘나라로 떠나면서 그의 인생은 급격히 허물어져 갔다. 나이도 나이지만 외로움에 몸과 마음이 부쩍 쇠약해져 갔다. 이것저것 좋은 음식과 보약을 대 놓고 먹었지만, 세월의 무게를 견디지 못하고 병만 하나둘 늘어갔다.

친구와 친척들이 다 정리하고 외국에 나가 살고 있는 자식들한테로 가서 살라고 권했지만, 그는 "다 늙은 내가 가면 자식들에게 짐만 된다.'라며 한사코 거절했다.

외롭고 초라하게 늙어가고 있는 그를 보다 못한 친구가 몇 달만이라도 자기 집으로 가서 함께 살자고 권했다.

외로움에 지치고 병이 깊어져 거동조차 불편해진 그는 못 이기는 척 친구를 따라나섰다.

그는 친구 집에서 묵을 동안 필요한 물건들을 대충 챙겼다. 집 안 구석구석을 돌며 필요하다 싶은 물건들을 챙겼지만, 그의 가방에 담긴 것은 고작 갈아입을 옷 몇 벌과 세면도구 그리고 현금 몇십만 원뿐이었다.

가방을 들고 집 안을 둘러보던 그는 덧없다는 듯 한마디 했다.

"이 많은 물건 중에서 내가 챙겨갈 게 고작 이것뿐이란 말인가?"

탄식하는 그에게 친구가 말했다.

"살아 있으니 그만큼이라도 챙긴 것이지, 죽으면 그것마저도 놓고 가야 한다네."

"겨우 보따리 하나 챙길 것을, 왜 그리도 발버둥을 치며 살아왔는지……."

"지금 와서 후회한들 무슨 소용인가? 어서 가세나."

세상에 태어난 사람은 예외 없이 죽지만 사람들은 철저하리만큼 그 죽음을 긍정하려 하지 않는다. 고생고생해서 끌어모은 재산을 자식에게 물려주고 쓸쓸히 떠나는 부모의 덧없는 인생을 보면서도, 건강하던 친구가 어느 날 갑자기 쓰러져 세상과 하직하는 허무한 인생을 보면서도 자신의 죽음을 긍정하려 하지 않는다.

죽으면 다 짊어지고 갈 것처럼 집착하고 집착하여 그만 챙겨도 될 사람들이 더 챙기려 허겁지겁 달려가고, 미련 없이 놓아 버리고 편안한 여생을 보내도 될 만한 사람들이 더 높은 자리를 탐한다. 영원히 살 것처럼 매달리고 또 매달려 재물과 권세와 명예에 몸과 마음을 가두어 놓고 고달프게 살아간다.

그러나 그런 삶이 무슨 의미가 있을까? 오늘 떠날지 내일 떠날지 모르는 죽음 앞에 그것들이 무슨 가치를 가질까?

값진 인생을 살기 위해서는 무엇보다도 먼저 죽음을 바로 보고 죽음을 긍정할 줄 알아야 한다. 긍정하든 하지 않든 세월이 흐르면 자연히 맞게 되는 죽음이지만, 죽음을 긍정하고 살아갈 때 삶의 자세가 진지해지고 숙연해지며 집착하고 있는 것들로부터 벗어나 자유의 삶, 인간다운 삶을 살아가게 된다.

욕심 많고 자신만 알던 사람이 죽음의 문턱에서 헤매다가 구사일생으로 살아 돌아오면 그때부터 욕심을 버리고 살아가는 것은 생사의 기로에서 저승이 멀지 않았다는 것을 깨달았기 때문이다. 그로하여금 '덤 인생'을 살아갈 수 있도록 계기를 마련해 준 것은 바로 '언젠가 너도 다 놓아두고 세상을 떠나야 한다는 죽음의 긍정'인 것이다.

허무하고 덧없는 죽음들을 보면서도 자신의 죽음을 생각하지 못하는 사람들, '빈손으로 왔다가 빈손으로 가는 것이 인생'이라는 영원한 진리마저도 외면하고 살아가는 사람들, 그래서 죽음이 임박해지면 그때서야 자신의 잘못된 인생을 깨닫고 눈물 뚝뚝 흘리는 사람들, 더 늦기 전에 죽음을 긍정하고 진지한 생을 추슬러야 하지 않을까? ✳

내 삶이 더 좋아지고 싶을 때

초판 1쇄 발행 2021년 7월 20일
초판10쇄 발행 2024년 4월 17일

지은이 문건오
펴낸이 이태선
펴낸곳 창작시대사

주소 경기 고양시 일산동구 장백로 20 굿모닝힐 102동 905호
전화 031) 978-5355 **팩스** 031) 973-5385
이메일 changzak@naver.com
등록번호 제2-1150호 (1991년 4월 9일)

ISBN 978-89-7447-244-3 03810